छप्पर

उपन्यास

छप्पर

जयप्रकाश कर्दम

राधाकृष्ण प्रकाशन

ISBN : 978-81-8361-859-5

छप्पर

पहला संस्करण : 1994
पहला राधाकृष्ण संस्करण : 2017
दूसरा संस्करण : 2023

मूल्य : ₹495

प्रकाशक
राधाकृष्ण प्रकाशन प्राइवेट लिमिटेड
जी-17, जगतपुरी, दिल्ली-110 051
शाखाएँ : अशोक राजपथ, साइंस कॉलेज के सामने, पटना-800 006
पहली मंजिल, दरबारी बिल्डिंग, महात्मा गांधी मार्ग, प्रयागराज-211 001
1, अनमोल सोराबजी संतुक लेन, धोबी तलाव, मरीन लाइंस, मुम्बई-400 002
वेबसाइट : www.radhakrishnaprakashan.com
ई-मेल : info@radhakrishnaprakashan.com

मुद्रक
बी.के. ऑफसेट
नवीन शाहदरा, दिल्ली-110 032

CHHAPPAR
Novel by Jayprakash Kardam

उस भावना को,

जिसने—

यह उपन्यास लिखने को प्रेरित किया

एक

गंगा के तट पर बसा पश्चिमी उत्तर प्रदेश का एक छोटा-सा गाँव है मातापुर। अन्य भारतीय गाँवों की तरह मातापुर में भी थोड़े से लोग सुखी और सम्पन्न तथा शेष लोग दीन और दरिद्र हैं। सुखी-सम्पन्न लोगों में सवर्ण कहलाने वाले ब्राह्मण-पुरोहित, ठाकुर-जमींदार तथा लाला-साहूकार हैं। दूसरे गाँवों की तरह सवर्ण लोग ऊपर की ओर तथा अवर्ण कहे जाने वाले दलित लोग गंगा के बहाव की ओर निचान में बसे हैं। निचान की ओर गाँव के इस छोर का सबसे आखिरी घर है सुक्खा का। उससे आगे एक-दो टूटी-फूटी छान-झोपड़ियाँ हैं और फिर कूड़ी-बिठौड़े शुरू हो जाते हैं।

सम्पन्न-सवर्ण लोगों के घर काफी बड़े, पक्के और प्लास्टरयुक्त हैं। रहने-सहने के लिए दुमंजले-तिमंजले और उठ-बैठ के लिए लम्बे-चौड़े अहाते में बैठक या चौपाल और ढोर-डांगरों के लिए जगह अलग। बहुत से लोग बैठक या चौपाल के अहाते में ही ढोर बाँध लेते हैं एक ओर को, पक्की खोरों पर या पेड़ों के नीचे; एक-दो कोठों में भुस और अनाज भरा होता है और एक में खल-चूनी आदि। एकाध कोठे में खेती-बाड़ी का अन्य सामान भरा रहता है जैसे हल, जुआ, फावड़ा, जेली, मेहड़ी, तसले, टोकरी आदि। ट्रेक्टर, ट्राली, बुग्गी तथा इंजन सैट आदि खड़ा करने की व्यवस्था अलग होती है। अहाते में ही एक ओर चारा काटने की मशीन लगी होती है।

किन्तु जो लोग दलित और दरिद्र हैं उनके पास रहने-सहने तथा एकाध पशु, जो वह पालते हैं, उन सबके लिए कुल जमा गारा-मिट्टी की दीवारों पर घास-फूस के छप्पर या झोंपड़ियाँ हैं इकछत्ती-दुछत्ती। अधिक हुआ तो किसी के कच्चे कोठे पर बाँस की खपच्ची या खपरैल की छत होती है या पशुओं के लिए छान-झोंपड़ी अलग। यहीं तक सीमित है उनकी साधन-सम्पन्नता। घर के नाम पर

सुक्खा के पास भी सिर छिपाने के लिए सिर्फ ऐसा ही एक छप्पर है और इसी छप्पर के नीचे वह अपनी पत्नी रमिया के साथ रहता है।

रात्रि का दूसरा प्रहर अवसान पर था। सारा गाँव प्रगाढ़ निद्रा में डूबा पड़ा था लेकिन सुक्खा की आँखों में नींद नहीं थी। वह किसी गहरे सोच में डूबा हुआ था। बाहर तेज हवा चल रही थी साँय-साँय करती हुई, उसका तारतम्य सुक्खा के मस्तिष्क से जुड़ा हुआ था। उसके मस्तिष्क में भी विचारों का एक अन्धड़ सा बह रहा था। पास ही टूटे से खटोले पर रमिया बेखबर पड़ी थी। रमिया ने करवट ली तो शून्य से उचटकर सुक्खा की नजरें रमिया के चेहरे पर जाकर अटक गईं और वह सोच में डूब गया—'जब दुल्हन बनकर आई थी रमिया तो कैसी सुन्दर लगती थी—कबूतरी-सी। कैसे अपने चपल हाथों से जल्दी-जल्दी घर का काम निपटाकर मेरे काम से लौटने का इन्तजार करती थी। उसकी चूड़ियों की खनक से कैसा संगीत-सा घुला रहता था घर भर में। आज वही रमिया कैसे मुरझा-सी गई है। चेहरे की वह चमक, वह रौनक सब बीते कल की बात हो गई है। सदा गुलाब के फूल की तरह खिला-खिला रहने वाला उसका सुन्दर शरीर अब सूखकर कैसा काँटा-सा हो गया है। कैसी काठ सी हो गई है कल की वह कबूतरी।...और चन्दन...क्या कुछ कर पाया हूँ मैं उसके लिए, ना ढंग से खिलाना ना पिलाना; ठीक से खाने-पीने को मिला होता तो यूँ दुबला-पतला सा नहीं रह गया होता। अब तक तो कभी का देह धर लेता। इतना गोरा-चिट्टा रंग-रूप है, अंग्रेज का-सा बच्चा लगता है देखने में। अच्छे से घर में होता तो मखमल के गद्दों पर सोता, सोने के पालने में झूलता, मोटर-गाड़ियों की सैर करता। धरती पर पाँव भी नहीं धरता कभी।'

बहता चला गया सुक्खा विचारों के प्रवाह में। एकाएक अन्तर में एक हूक सी उठी और प्यार का सागर उफान मारने लगा बूढ़े सुक्खा के मन में। आवेग को सँभाल नहीं पाया वह। एक झटके से अपनी खाट से उठा और पैर स्वतः ही रमिया के खटोले की ओर उठ गए। मन हुआ कि चूम ले रमिया को। अपने अन्दर का सारा प्यार उड़ेल दे उसके ऊपर और बना दे उसे रानी। हाथ आगे बढ़ाया भी सुक्खा ने आवेग में बहकर पर तुरन्त वापस खींच लिया। उसके मस्तिष्क ने कहा—'कहीं नींद न टूट जाए रमिया की। दिन भर की थकी-माँदी है।' मस्तिष्क में यह विचार आते ही सुक्खा के पाँव वापस मुड़ गए और बाहर आकर चहलकदमी करने लगा।

छप्पर

बाहर घुप्प अँधेरा था। दिन का स्वच्छ-निर्मल आकाश इस समय मेघमालाओं से आच्छादित था। चन्द्रमा भी बादलों की ओट में कहीं छिप गया था। हवा के तेज झोंकों के साथ हल्की-हल्की फुहारें आ रही थीं। फुहारों का एक तेज झोंका आया और बाहर घूमते सुक्खा को भिगो गया। वापस छप्पर के अन्दर लौट गया सुक्खा और पुनः बाँस की टूटी चारपाई पर आ पड़ा। परन्तु अभी भी चैन नहीं था सुक्खा के मस्तिष्क को। अपनी बेचैनी से उबरने के लिए सोने की चेष्टा की उसने। बहुत समय तक नींद को बुलाता रहा, मनाता रहा। लेकिन उसे भी नहीं आना था सो नहीं आई। आखिर उठकर बरोसी में से आग भर लाया चिलम में और बैठकर हुक्का गुड़गुड़ाने लगा। हुक्के की गुड़ड़-गुड़ड़ की आवाज से रमिया की नींद भी टूट गई, वह भी उठ बैठी। उसने भी सुलगा ली अपनी कली और दोनों साथ-साथ गुड़गुड़ाने लगे।

एक बार तनिक तगड़ा कश लगाने पर सुक्खा की साँसें उखड़ आईं और जोर की खाँसी उठी। अपने खटोले से उठी रमिया और सिर सहलाने लगी सुक्खा का। बहुत देर तक वह सिर सहलाती रही। अन्त में, एक जबरदस्त उल्टी हुई। सिर चकराने लगा सुक्खा का। आँखों के आगे अँधेरा छा गया और देखते ही देखते वह पसीने से तर-ब-तर हो गया। रमिया ने सहारा देकर सुक्खा को चारपाई पर लिटाया तथा कोने में रखे मिट्टी के घड़े से उसे एक गिलास पानी पिलाकर खुद उल्टी के साथ आए ढेर सारे बलगम को साफ करने लगी।

यह कोई नई बात नहीं थी सुक्खा के लिए। कई वर्षों से वह दमे का मरीज था। कितना दुर्बल और क्षीण बना दिया था उसे इस बीमारी ने तथा किस तरह दिन-प्रतिदिन उसकी यह बीमारी उग्र रूप धारण करती जा रही थी यह सब अच्छी तरह जानता था सुक्खा और चाहता भी था कि वह इस दुसाध्य रोग से मुक्त हो जाए। पर करे कहाँ से बेचारा, हाथ-पल्ले कुछ हो तब ना। एक तो नियति प्रायः बन गई दरिद्रता और ऊपर से चन्दन की पढ़ाई से उसकी सारी सम्भावनाओं के मार्ग अवरुद्ध हो गए थे।

उम्र भी कोई ज्यादा नहीं थी अभी सुक्खा की। यही कोई पैंतालीस-पचास के आसपास रहा होगा मुश्किल से। चार-पाँच साल पहले तक कैसा पट्ठा सा दिखता था। लेकिन अब...कठोर श्रम और दमे की इस बीमारी ने समय से पहले ही बूढ़ा बना दिया था उसको। कभी का बलिष्ठ शरीर अब जर्जर हो चुका था। चौड़ा-सुर्ख रहने वाला चेहरा अब झुर्रियों से भर गया था और कमजोरी का

आलम यह कि कभी-कभी दम उखड़ता तो कहीं घंटों बाद ही साँसें जुड़ पातीं ढंग से। थोड़ी देर काम करते ही चक्कर आने लगता और शरीर निढाल सा हो जाता था।

बहुत देर तक मौन में डूबे करवटें बदलते रहे सुक्खा और रमिया दोनों। रात्रि का दूसरा प्रहर इसी मौन में गुजर गया। नींद किसी को भी नहीं आ रही थी। बाकी बची रात कैसे कटती आखिर रमिया ने ही बातों का सिलसिला शुरू किया, 'ऐ जी, कुछ सुनते हो।'

'हाँ, कहो।' सुक्खा की साँसें अभी भी उखड़ी हुई थीं।

सुक्खा की यह दशा देखी नहीं गई रमिया से। उसका कलेजा मुँह को आने लगा। 'सारे दुख हमारी ही किस्मत में क्यों लिखे हैं' उसने मन ही मन यह सोचा और सुक्खा से बोली, 'मैं कहती हूँ कब तक चलेगा ऐसे। कब तक यूँ परेशान रहोगे तुम?'

इस बार जैसे-तैसे साँसों को संयत करके बोला सुक्खा, 'तुझे मेरी चिन्ता लगी है, मुझे रात-दिन चन्दन की चिन्ता लगी रहती है। बस्स, किसी तरह उसकी पढ़ाई-लिखाई पूरी हो जाए...।' एक गहरी साँस छोड़ी सुक्खा ने और आवाज मौन में डूब गई।

लेकिन रमिया को यह मौन बर्दाश्त नहीं हुआ। पुनः बात आगे बढ़ाई उसने, 'अभी और कितना पढ़ेगा चन्दन?'

'पता नहीं...पढ़े जब तक उसे पढ़ना है, कहता है डाक्टरी करेगा।' सुक्खा ने बताया।

रमिया की समझ में कुछ नहीं आया डाक्टरी के बारे में। उसने जानना चाहा, 'ये डाक्टरी क्या होती है, अभी कितने दिन और लगेंगे उसे डाक्टरी करने में?'

'मैं गंवार आदमी क्या जानूँ पढ़ाई-लिखाई की बात। जैसे तू कुछ नहीं जानती वैसे ही मेरे लिए भी काला आखर भैंस बराबर है।' सुक्खा ने कहा और चुप लगा गया।

इससे आगे कोई तर्क नहीं कर सकती थी रमिया, उसे भी चुप लगाना पड़ा। पर कब तक? मौन से ज्यादा वाचाल और मौन से ज्यादा आन्दोलित करने वाला और कुछ नहीं होता। शब्द मुखरित हो जाएँ एक बार तो मन हल्का हो जाता है, पर मौन बड़ा गंभीर होता है। जब तक मौन न टूटे मन में उथल-पुथल मची रहती है। अन्तर में पुनः-पुनः कुछ उकसता रहता है, छटपटाता रहता है—मुखरित होने

को। यही हाल रमिया का भी था। अन्तर के गहरे मौन से निकलकर पुनः-पुनः कुछ शब्द उसके ओठों तक आते, लेकिन मौन वापस खींच लेता। बहुत देर तक संघर्ष होता रहा मौन और भाषण के बीच। आखिर मौन पराजित हुआ रमिया का और अन्दर का स्वर ओठों तक आ ही गया, 'ऐ जी! मैं कहती हूँ चन्दन के बापू, अब तो काफी पढ़-लिख गया है चन्दन। क्यों नहीं तुम उसे लिखवा भेजते कि वह कहीं कोई हिल्ला-रुजगार ढूँढ़ ले। दो पैसे कमाएगा तो तुम्हारी दवा-दारू भी हो सकेगी और सिर से कर्ज भी उतरेगा।'

सुक्खा ने उसे समझाया, 'तू ठीक कहती है रमिया, चन्दन का कहीं हिल्ला लग जाए तो सब दलिद्दर दूर हो जाएँगे। पर अभी तो वह पढ़ ही रहा है। उसकी इच्छा और आगे पढ़ने की है तो हम क्यों रोकें उसको, क्यों उसकी इच्छाओं का गला घोटें हम। हमारी क्या है, जैसे अब तक कटी है आगे भी कट जाएगी।'

'और आगे पढ़कर ही कौन सा कलक्टर बन जाएगा, बड़े आदमी जाते हैं बड़े होदे तक। छोटे आदमी की क्या बिसात है, गुजारे लायक हिल्ला-रुजगार मिल जाए छोटा-मोटा, बस बहोत है।' रमिया ने सहजता और भोलेपन से कहा।

लेकिन सुक्खा को लगा कि रमिया को ऐसी हारी हुई बात नहीं कहनी चाहिए। रमिया को देखते हुए वह बोला, 'चुप रह पगली, कोई पेट से बड़ा बनकर आता है। पढ़-लिखकर बड़े बनते हैं सब। क्या पता हमारा चन्दन भी कल को कलक्टर या दरोगा बन जाए। अपनी चिन्ता छोड़, हमें थोड़े दुख उठाने पड़ रहे हैं तो क्या, दुख के बाद ही सुख आता है। हमारे दिन भी बहुरेंगे कभी न कभी।'

सुक्खा की हिम्मत और आशावाद के आगे समर्पण कर दिया रमिया ने। वह भी सोचने लगी, 'भगवान करे इनकी बात सच्ची हो जाए। चन्दन कहीं कलक्टर या दरोगा बन जाए। वह कार में घूमेगा, बंगले में रहेगा, लोग दुहरे होकर सलाम करेंगे उसको...।' और इस तरह की बहुत सारी कल्पनाओं में खो गई रमिया। सुक्खा ने भी हुक्के में आखिरी कश लगाया और वह भी पसर गया। धीरे-धीरे शेष रात दोनों के बीच से गुजरने लगी।

दो

चन्दन जब पढ़ने के लिए गाँव से शहर आया तो उसके मन में एक कल्पना थी शहरों को लेकर। वह सोचता था कि शहर का जीवन गाँव के गन्देपन से भिन्न होगा एकदम साफ-सुथरा। न वहाँ गाँवों की तरह आर्थिक तंगी होगी, न रोटी और कपड़े की समस्या। न पुलिस और कानून का आतंक होगा, न ठाकुर-जमींदारों की हिंसा और आतंक का मनमाना राज। न सेठ-साहूकारों के सूद की निर्मम मार होगी, न ऊँच-नीच और छुआछूत का जहर और न चोरी-डकैती या किसी अन्य तरह की असुरक्षा ही। लेकिन थोड़े से दिनों में ही उसकी कल्पना छिन्न-भिन्न हो गई। शहर आने पर उसे पता चला कि शहरों में भी केवल थोड़े से लोग ही सुखी और सम्पन्न हैं, शेष लोग अभाव और उत्पीड़न का जीवन जीते हैं। आदमी को यहाँ भी पेट की क्षुधा से लड़ना पड़ता है, तन ढँकने के लिए मशक्कत करनी पड़ती है और जे.जे. कालोनी कही जाने वाली झुग्गी-झोंपड़ियों में रहने को विवश होना पड़ता है। बहुत से लोगों के पास झुग्गी-झोंपड़ी तक नहीं होती, उन्हें फुटपाथ पर पड़े रहकर रात गुजारनी पड़ती है। केवल 'कालोनी' शब्द ही विभाजक रेखा है गाँव और शहरों के बीच, अन्यथा शहरों की इन झुग्गी-झोंपड़ियों या खोलियों में रहने वाले लोगों तथा गाँव में गारा-मिट्टी या घास-फूस के झोंपड़े-छप्परों में रहने वाले लोगों के जीवन-स्तर में कोई खास अन्तर नहीं है।

शहर में भी बहुत से दलित और दरिद्र लोग बिना छुकी-भुनी सब्जी खाते हैं या केवल पानी या चाय के साथ नमक की रोटियाँ गले से नीचे उतारकर जिन्दा रहते हैं। फाका भी रह जाता है बहुत से घरों में। यहाँ भी तन ढकने को कपड़ा नहीं है बहुत से लोगों के पास। यहाँ भी गाँवों की तरह बच्चे रेत-मिट्टी में खेलते नंगे घूमते हैं। बहुत-सी औरतों के पास यहाँ भी मैली-कुचैली सी

सिर्फ एक साड़ी होती है, सस्ती-सी कच्चे-पक्के रंगों की। दूसरी साड़ी के अभाव में बहुत सी औरतें, नहा-धो नहीं पातीं-महीनों तक। इतना ही नहीं, बहुत सी गर्भवती औरतों को फुटपाथ पर ही खुले आकाश के नीचे बच्चे पैदा करने पड़ते हैं। यह एक विवशता है, एक त्रासदी है उनके जीवन की, जिसे नियति का आदेश मान बैठे हैं ये लोग।

रही काम की बात सो दिन-रात कमरतोड़ मेहनत करके भी आदमी को दो जून की रोटी मयस्सर नहीं हो पाती ठीक से। बीस-तीस रुपये का काम कराकर मालिक छः-सात रुपये देता है—दिहाड़ी के। भूखा पेट क्या करे, जो मिल जाए उसी से सन्तोष करना पड़ता है। ज्यादा दिहाड़ी की बात करें भी कैसे, क्या पता कल को उससे भी हाथ धोना पड़ जाए। ऊपर से मालिक की गालियाँ और 'साले चले आते हैं नखरा दिखाने, लीडर बनते हैं हरामजादे। काम-धाम करेंगे नहीं और चाहेंगे कि फैक्ट्री इनके नाम हो जाए।' केवल मेहनत-मजदूरी के बल पर जिन्दा रहने वाले इन लोगों की विवशता है कि सब कुछ सुनकर और बर्दाश्त करके भी उन्हें वहीं पर काम करना पड़ता है। एक बेबसी-सी छायी रहती है उनके चेहरों पर हमेशा। इस बेबसी से उबरने का न उनके पास कोई उपाय है, और न प्रयास ही। दुनिया अपनी गति से चल रही है और ये लोग अपनी गति से किसी तरह अपनी जीवन यात्रा पूरी कर रहे हैं।

चन्दन जहाँ रहता है सन्तनगर में यह भी एक झोंपड-पट्टी है। कहने के लिए लोगों के पास पक्के मकान भी हैं, पर किसी भी रूप में खोली से ज्यादा नहीं हैं वे। इस झोंपड़-पट्टी के सभी लोग गरीब और मजदूर हैं। इनमें से कुछ मिल-मजदूरी अथवा बेलदारी का काम करते हैं, कुछ लोग फल, सब्जी या छोटी-मोटी घरेलू चीजों या खेले-खिलौनों को चार पहियों की ठेली पर रखकर या सिर पर टोकरी रखे गली-गली फेरी लगाने का काम करते हैं। कुछ लोग जूते-चप्पल आदि बनाने का काम करते हैं और कुछ लोग कागज के लिफाफे, कागज या मिट्टी के खेल-खिलौने या चटाई आदि बनाकर बाजार में बेच आते हैं। घर की औरतें और बच्चे भी हाथ बँटाते हैं उनके इस काम में।

सुबह-सवेरे घर से निकलकर देर रात गए थके-माँदे होकर घर लौटना और रूखा-सूखा खा-पीकर खट रहना, यही है इनकी जिन्दगी। दूसरे लोगों की तरह न इनके पास सुख-सुविधाएँ हैं और न मनोरंजन के साधन ही। कुल जमा बीवियाँ ही इनके मनोरंजन का एकमात्र साधन हैं। रात के अँधेरे में बच्चों के सो

जाने पर उन्हीं के साथ थोड़ी देर खुसर-फुसर करके वे दुनिया की सबसे बड़ी दौलत, सबसे बड़ा सुख पा लेते हैं।

कभी अधिक हुआ भी तो ठलवाड़ में बैठकर ढोलक और मंजीरे की तान पर कुछ राग-रागिनियाँ गा लेते हैं। राग-रागिनियाँ गाने का भी इन लोकगायकों का अपना अलग अन्दाज होता है। जब भी कोई गायक पूरी लय और ताल के साथ गाता है तो उसका एक हाथ कान पर और दूसरा लोक को सन्देश देने की सी मुद्रा में ऊपर उठ जाता है। जैसे-जैसे गीत गति पकड़ता है वैसे-वैसे गायक की आवाज ओजपूर्ण होती चली जाती है, और गति की लय के साथ-साथ कभी उसका हाथ ऊपर उठता है और कभी सिर और सीना तन जाता है। उस समय लगता है कि उनकी ऊँचाइयों के आगे पर्वतों के उत्तुंग शिखर भी जैसे बहुत छोटे और गौण हो गए हैं। ओज में भरकर जैसे-जैसे स्वर ऊँचा होता जाता है, गायक के हाथ और सिर भी ऊँचे उठते चले जाते हैं। और जैसे-जैसे गीत ढलान पर आता है या उसकी गति मन्द पड़ती है हाथ और सिर भी नीचे की ओर झुकने लगते हैं। गाते-गाते कई बार गायक नृत्य की सी मुद्रा में आ जाता है। गीत की लय के साथ उसका शरीर भी झूम-झूम जाता है, कमर मुड़कर दुहरी हो जाती है और माथा जमीन को चूमने लगता है।

गाते-गाते गायक का चेहरा सुर्ख पड़ जाता है, भृकुटियाँ तन जाती हैं। साधकर लम्बा सुर खींचने पर उसकी आँखें बिलकुल मिच सी जाती हैं। इसी तरह एक-एक करके कई लोग खड़े होकर झूमकर राग-रागिनियाँ गाते-सुनाते हैं। उनके गीतों और रागिनियों के नायक या तो वीर पुरुष होते हैं या रसिक प्रेमी।

लोक गीत और संगीत चन्दन को भी बहुत भाते हैं। उसके आस-पड़ोस में भी लोग प्राय: गाने-बजाने बैठ जाते हैं। पहले वह अपने कमरे में बैठा-बैठा खिड़की से बाहर झाँककर ही गीत-संगीत का आनन्द लेता था। 'एक नया बाहर का आदमी कैसे एडजस्ट करेगा खुद को इनके साथ' यही सोचकर वह कमरे से बाहर निकलकर सबके बीच में नहीं जाता था। लेकिन अब चन्दन भी सबके साथ घुल-मिल गया है और दूसरे लोगों के बीच उठने-बैठने लगा है।

झोंपड़-पट्टी में रहने वाले इन लोगों में न तो मध्यवर्ग की भाँति आपा-धापी है, न व्यवसायिक व्यवहार और न छल-कपट ही। रसिकता इनमें केवल गीत-संगीत तक सीमित है। बल्कि यूँ कह सकते हैं कि जीवन की मुख्य धारा से अलग-थलग से पड़े इन लोगों के जीवन में न रस है, न प्राण। बस, किसी

तरह जीवन की धारा से जुड़े रहते हैं ये लोग। और जैसे बहती नदियाँ महासमुद्र में आ मिलती हैं वैसे ही इनकी जीवन यात्रा भी कहीं महाशून्य में जाकर पूरी हो जाती है। समाज में क्या हो रहा है, देश किधर करवट ले रहा है, इसकी न इन्हें कोई जानकारी होती है न इन सब में रुचि ही। सुबह से शाम तक जी-तोड़ मेहनत से काम करना, रात को रूखा-सूखा जो मिल जाए खा-पीकर पड़े रहना और अगली सुबह उठकर फिर रोजी-रोटी की जुगाड़ में उलझ जाना, इसी में इनके जीवन की सारी गति समा गई है।

मधुर भाषण, परस्पर सहयोग, एक-दूसरे के प्रति सहानुभूति और मान-सम्मान की भावना सब कुछ है इन लोगों में, किन्तु इन सब अच्छाइयों के साथ-साथ इन लोगों में कुछ बुराइयाँ भी हैं। सबसे बड़ी बुराई तो यही है कि ये लोग जितना कमाते हैं उसका एक बड़ा हिस्सा दारूबाजी या जुए आदि में बर्बाद कर देते हैं। यद्यपि कुछ लोग इस व्यसन से मुक्त हैं किन्तु अधिकांश लोग इस व्यसन के शिकार हैं और यही कारण है कि रात-दिन कमरतोड़ मेहनत करके कमाने के बाद भी इनका जीवन-स्तर ऊपर नहीं उठ पाता है और हमेशा दूसरे के मुँह की ओर देखने वाले दीन-दरिद्र बने रहते हैं। देर रात तक शराब के नशे में धुत्त लोग अपने बीवी-बच्चों के साथ या आपस में ही एक-दूसरे के साथ मारपीट, गाली-गलौज करते हैं। चीख-पुकार और इस शोर-शराबे से कभी-कभी चन्दन को लगने लगता है कि वह जरूर बहरा हो जाएगा एक दिन। इतना शोर सुनने के अभ्यस्त हो जाने के बाद उसके कान धीमी आवाज सुन ही नहीं पाएँगे कभी।

प्रायः चन्दन सोचता, 'आखिर ये लोग इतना चीखते-चिल्लाते क्यों हैं? माना कि ये शराब के नशे में धुत्त रहते हैं, पर चुप भी तो रहा जा सकता है। यदि बोलना ही है तो धीमी आवाज में भी तो बोला-बतलाया जा सकता है। ऐसा क्यों नहीं करते ये लोग?'

यह शोर-शराबा उसे बहुत अप्रिय लगता। विशेषकर रात को जब वह पढ़ रहा होता तब उसे बहुत गुस्सा आता। कई बार वह आवेश में आकर लोगों पर बरस पड़ना चाहता और चाहता कि उन्हें डाँटे-फटकारे और कहे 'क्या बदतमीजी है यह। जब देखो तब शोर-शराबा, गाली-गलौज, उठा-पटक! कभी शांत नहीं रह सकते तुम लोग? और भी तो बस्तियाँ हैं शहर में, और भी तो लोग रहते हैं, पर कहीं इतना शोर नहीं होता। कहीं ऐसी बदतमीजी नहीं होती जैसी यहाँ होती है। क्या तुम लोग दूसरों की तरह नहीं रह सकते?' लेकिन अपने क्रोध को दबा

लेता वह। मन मसोस कर रह जाता। 'मैं ठहरा बाहर का आदमी, अपना समय काटना है। शहर में रहने को वैसे ही कहीं ठिकाना नहीं मिलता, यहाँ जैसे-तैसे ठिकाना मिला है कहीं यहाँ से भी बाहर होना पड़ा तो कहाँ दर-दर की ठोकरें खाता फिरूँगा।' बस, यही सोचकर किसी से भी कभी भी कुछ नहीं कहा चन्दन ने। किन्तु जब कभी भी बर्दाश्त के बाहर लगता उसे यह सब वह अपने कमरे के खिड़की-दरवाजे सब बन्द कर लेता और चुपचाप पड़ जाता। बाहर की दुनिया से सारे सम्बन्ध-विच्छेद हो जाते उसके—लेना एक न देना दो। और मन ही मन बुदबुदाता—'लो अब मचा लो जितना शोर मचाना है तुम्हें, खूब गालियाँ बको अब।'

हरिया भी खूब दारू पीता। वह जब देखो तब दारू के नशे में धुत्त रहता। दिन में पीता, शाम को ठेके पर जाकर पीता और अगली सुबह फिर प्याले में चाय की जगह दारू की जरूरत होती उसको। यह दारू ही थी जिसने हरिया को कभी यह नहीं सोचने दिया कि दुनिया में क्या हो रहा है, उसकी बस्ती में कौन क्या कर रहा है? उसे न अपने से बाहर की परवाह थी न अपनी। उसकी अपनी दुनिया थी और वह अपनी ही दुनिया में खोया रहता था रात-दिन। गला तर करने को दारू मिल जाए तो सब कुछ था उसकी दुनिया में, नहीं तो कुछ नहीं था।

लेकिन इसे भी इत्तफाक ही कहिए कि शहर में आने पर चन्दन जब अपने रहने के लिए जगह ढूँढ़ने इस झोंपड़-पट्टी में आया और उसने बताया कि वह दूर गाँव से पढ़ने आया है, तो हरिया पहला आदमी था जिसने चन्दन को अपने घर में रहने का न्यौता दिया। न जाने कौन-सा आकर्षण था मिची-मिची सी आँखों वाले हरिया के शब्दों में कि चन्दन ने न और किसी प्रस्ताव की प्रतीक्षा की और न रुचि ही ली। सामान उठाया और सीधा हरिया के घर। तब से लेकर आज तक वह हरिया के ही घर में रह रहा था एक कोठरी में। दोनों एक-दूसरे से इतने बँध गए थे कि न तो हरिया चन्दन को अपने घर से जाने देना चाहता था और न चन्दन ही हरिया को छोड़कर अन्यत्र कहीं जाना चाहता था।

यूँ चन्दन हरिया के घर में रहता था, पर हरिया ने कभी किराएदार या बाहर का आदमी नहीं माना उसे। न ही चन्दन को कभी ऐसा आभास होता था। हो भी कैसे जब हरिया चन्दन को पुत्रवत स्नेह करता हो और चन्दन भी उसके साथ पितृतुल्य व्यवहार रखता हो। कोठरीनुमा जिस कमरे में चन्दन रहता था उसका किराया तय नहीं हुआ हरिया और चन्दन के बीच। चन्दन ने कई बार चाहा था

कि वह कमरे का किराया तय कर ले, लेकिन तय तो तब करता जब हरिया ने अवसर दिया हो। फिर भी जैसे ही चन्दन को अवसर मिला उसने किराया तय करना चाहा हरिया से। लेकिन हरिया अलग किस्म का आदमी था। साफ इन्कार कर दिया उसने, 'तुम यहाँ रहो बेटा, जब तक तुम्हें रहना है। जब तक तुम्हें इस शहर में रहना है मेरे ही घर में रहो। यहीं खाओ-पीओ। किसी तरह की कोई परेशानी हो तो बताना। पर किराए का जिक्र कभी मत करना। यह घर भी तुम्हारा है, मैं भी तुम्हारा हूँ।'

'हरिया ऐसा कह रहा है यह उसकी सज्जनता है पर मुझे भी तो कुछ सोचना चाहिए। मेरा भी तो कुछ फर्ज बनता है।' चन्दन ने मन ही मन सोचा और हरिया से बोला, 'वह सब तो ठीक है बाबा! लेकिन मैं कहीं और जगह रहता तो वहाँ भी तो मुझे किराया देना पड़ता कि नहीं? फिर आपके पास ही कौन सा बड़ा जखीरा है। आपकी हालत खुद बहुत अच्छी नहीं है, ऊपर से मेरा बोझ और। यह कहाँ तक ठीक है।'

चन्दन तो सीधे-स्वभाव कह गया पर हरे जख्म पर सुई चुभ जाने जैसी पीड़ा हुई हरिया को। मन आहत हो उठा उसका। अवरुद्ध कण्ठ से बोला वह, 'मैं तो बहुत खुशी से अपने पास रखना चाहता था तुम्हें। वर्षों से गमगीनता के साए में जीता आया हूँ मैं। सोचता था तुम पास रहोगे तो थोड़ा सुख-सन्तोष मिलेगा मन को, लेकिन तुम बोझ कहते हो अपने आपको। मैंने तो ऐसा कभी नहीं सोचा बेटा! तुम्हें ऐसा लगता है तो जाओ—जहाँ तुम्हें अच्छा लगे। मुझ बूढ़े का क्या है, जैसे अब तक जीता आया हूँ आगे भी जी ही लूँगा जैसे-तैसे।' और फिर खुद ही बुदबुदाने लगा, 'धरती पर बोझ नहीं होता आदमी, आदमी पर बोझ होता है। कैसी व्यवस्था है, यह कैसी सोच है—हे भगवान!...।'

विषाद और करुणा में डूबे हरिया के ये शब्द सुन हक्का-बक्का रह गया चन्दन। उसने सुना था कि बड़े स्वार्थी और मतलबपरस्त होते हैं शहर के लोग। आदमी-आदमी के बीच सम्बन्ध भी स्वार्थ पर आधारित होते हैं वहाँ। लेकिन यहाँ हरिया का व्यवहार बिल्कुल उल्टा था-कल्पनातीत। कितने प्यार और स्नेह से उसे अपने पास अपने घर में रखना चाहता था हरिया। कैसे इन्कार करता चन्दन। हरिया के प्रति श्रद्धा और सम्मान से सिर झुका लिया उसने और निश्चय कर लिया मन में कि वह जब तक इस शहर में रहेगा हरिया के पास ही रहेगा, उसे छोड़कर नहीं जाएगा।

तीन

चन्दन जब से हरिया के घर आया उसकी दुनिया बिल्कुल बदल-सी गई। हमेशा क्लान्त, मलीन-सा रहने वाला हरिया ऐसा खुश रहने लगा जैसे वर्षों से घर से बाहर रह रहा उसका अपना बेटा उसके पास लौट आया हो। उसके बूढ़े और लुंज-पुंज शरीर में नई शक्ति, नई स्फूर्ति का संचार-सा हो गया। इधर चन्दन सोकर उठता और उधर हरिया चाय का प्याला लेकर उसके पास पहुँच जाता। वह दातुन करके नहीं निपटता था कि हरिया सरकारी नल से पानी की बाल्टी भरकर ला देता उसके नहाने-धोने के लिए और चन्दन नहा-धोकर फारिग नहीं होता कि नाश्ते के लिए परांठे तैयार कर देता तब तक हरिया। चन्दन कितना भी काम में हाथ बँटाना चाहे लेकिन हरिया ने कभी कोई काम नहीं करने दिया उसे। इतने प्यार और स्नेह की तो कल्पना तक नहीं की थी चन्दन ने; पहले तो वह कुछ समझ ही नहीं पाया कि उसका इतना ख्याल क्यों रखता है हरिया? उसके मन में एक आशंका उठी, 'कहीं इस सब के पीछे हरिया का कोई स्वार्थ तो नहीं है। वरना आज की दुनिया में जहाँ सबको अपनी-अपनी पड़ी है, इतनी फुर्सत किसे है जो दूसरों की फिक्र करे, और वह भी इस सीमा तक।' एक बार नहीं कई बार कौंधा उसके मस्तिष्क में यह विचार, लेकिन हरिया से पूछने का साहस उसमें कभी नहीं हुआ।

जून के अन्त तक मानसून आ जाता है आमतौर पर उत्तरी भारत में, लेकिन उस वर्ष अगस्त शुरू होने तक भी मानसून नहीं आया। मानसून न आने का नतीजा यह हुआ कि सारी फसल चौपट हो गई। पानी का जल स्तर नीचे चले जाने से हैण्डपम्पों में पानी आना बन्द हो गया, अनेक बीमारियाँ फैल गईं तथा महामारी और अकाल से लोग परेशान हो उठे। देश के दक्षिण-पूर्वी भागों में मानसून न केवल आ चुका था बल्कि इतना पानी बरसा कि कई नदियों में बाढ़

आ गई। गाँव के गाँव तहस-नहस हो गए, लाखों लोग बेघर हो गए, हजारों आदमी और मवेशी पानी में बह गए। उधर बाढ़ से और इधर सूखे से चारों ओर त्राहि-त्राहि मची थी। इस प्राकृतिक आपदा से बचने के निमित्त आकाश के देवता इन्द्र को प्रसन्न करने के लिए जगह-जगह यज्ञ और हवन किए जा रहे थे क्योंकि लोगों का विश्वास था कि भगवान इन्द्र रुष्ठ हैं और इसीलिए वर्षा नहीं हो रही है।

सन्त नगर जे.जे. कालोनी के लोगों ने भी एक यज्ञ का आयोजन करने का विचार बनाया और चन्दा इकट्ठा करना शुरू किया, लेकिन चन्दन ने इस यज्ञ का विरोध किया। उसने लोगों से कहा, 'यह मान्यता गलत है कि यज्ञ करने से भगवान इन्द्र प्रसन्न होंगे और तब वर्षा होगी। वर्षा होगी मानसून के आने से। अभी मानसून नहीं आया है इसलिए वर्षा नहीं हो रही है। यज्ञ-वज्ञ सब बेकार की चीजें हैं। यह पाखण्ड है, इससे कुछ होने वाला नहीं है। दुनिया में ऐसा कोई देवता या भगवान नहीं है और इसलिए उसके द्वारा वर्षा कराए जाने की कोई संभावना नहीं है।'

'क्या कहते हो बाबू! चन्दा मत दो लेकिन भगवान को तो मत नकारो। भगवान के किए ही सब होता है। उसकी इच्छा के बिना तो पत्ता तक नहीं हिल सकता। इन्द्र भी वही है, लक्ष्मी भी वही है, महादेव भी वही है। वह एक है लेकिन उसके रूप अनेक हैं। मनुष्यों में भी वही है, जीव-जन्तुओं में भी वही है। हमारे-तुम्हारे अन्दर भी वही है। इसलिए भगवान के यज्ञ के लिए तुम कुछ दो या न दो लेकिन इस तरह की उल्टी-सीधी बातें तो मत करो।' चन्दा माँगने वालों में से एक ने चन्दन से कहा।

'उल्टी-पुल्टी नहीं साफ-सीधी बात कह रहा हूँ मैं। दुनिया में ऐसा कोई भगवान, ईश्वर या परमात्मा नहीं है जो सर्वशक्तिमान और सर्वव्यापी है। जो सबको पैदा करने वाला, पालन करने वाला और संहार करने वाला है। जो शाश्वत और चैतन्य है। जो जगत का नियामक तथा अनादि और अनन्त है। यह मान्यता असत्य, भ्रामक तथा वैज्ञानिकता से परे है। यदि तुम लोग इस बात को मानते हो तो यह तुम लोगों की भूल है। सच्चाई यह है कि दुनिया में आत्मा, परमात्मा, ईश्वर, ब्रह्म, भगवान या इस तरह की किसी सत्ता का कोई अस्तित्व नहीं है। मनुष्य सबसे बड़ी सत्ता है, दुनिया में मनुष्य से बड़ी कोई चीज नहीं है। आत्मा, परमात्मा, ईश्वर, ब्रह्म और भगवान, इसमें से कोई भी वास्तविक नहीं

है। ये सब मिथक हैं, काल्पनिक हैं तथा भोले-भाले लोगों को बेवकूफ बनाकर अपने स्वार्थ सिद्ध करने के उद्देश्य से चालाक लोगों द्वारा ईजाद किए गए हैं।' चन्दन ने उनको समझाने की चेष्टा की।

'चन्दन भैया! फिर ये यज्ञ और हवन क्यों किए जाते हैं, इनका भी तो कुछ कारण होता होगा?' दूसरे व्यक्ति ने प्रश्न किया।

'हाँ, इसका भी कारण है। प्रत्येक कार्य का कोई न कोई कारण अवश्य होता है, बिना कारण के कोई कार्य नहीं हो सकता। देवी-देवताओं की पूजा-अर्चना तथा उनके लिए यज्ञ और हवन आदि अनुष्ठानों की परंपरा के पीछे एक ही उद्देश्य रहा है और वह है समाज को दिव्य-शक्तियों से भयभीत रखकर धर्म विशेष को जीवित रखना। यज्ञ आदि अनुष्ठानों के पीछे यही कारण है और भारतीय समाज की यह एक त्रासदी है कि किसी भी आपदा के समय उससे निपटने के उपाय खोजने की बजाय देवी-देवताओं की पूजा-अर्चना की जाती है, तरह-तरह के अनुष्ठान किए जाते हैं। तुम लोगों को भी यह बात अच्छी तरह समझ लेनी चाहिए कि पत्थर के इन देवी-देवताओं या भगवानों की पूजा-अर्चना करने या उनको भेंट चढ़ाने से कुछ भी होने वाला नहीं है। इस सबका कोई औचित्य नहीं है सिवाय इसके कि इसके सहारे कुछ लोगों की आजीविका चलती है और उनको मेहनत करके कमाने की जरूरत नहीं पड़ती।'

'पूरे नास्तिक हो तुम तो भैया, भगवान को तनिक भी नहीं मानते।' इस बार तीसरे व्यक्ति की टिप्पणी थी।

'यदि ईश्वर या भगवान की सत्ता को मानना ही आस्तिक या नास्तिक होने का आधार है तो निश्चित रूप से मैं नास्तिक हूँ। मैं किसी आत्मा, परमात्मा, ईश्वर या भगवान की सत्ता को स्वीकार नहीं करता।' चन्दन ने दृढ़ता से कहा।

'लेकिन भैया, सदियों से जो मान्यता चली आ रही है, वह तुम्हारे अकेले के कहने से तो बदल नहीं जाएगी। तुम्हारे अकेले के न मानने से क्या होता है। सारी दुनिया ईश्वर को मानती है। ईश्वर तो है और रहेगा।' यह कथन एक बुजुर्ग आदमी का था।

चन्दन ने देखा कि उसके समझाने का उन लोगों पर कोई खास असर नहीं हो रहा है। उनको समझाने को दूसरा रास्ता अपनाया उसने और उनसे ही प्रश्न किया, 'क्या तुम लोग मानते हो कि ईश्वर है?'

'हाँ, इसमें क्या शक है। हम ही क्या सब मानते हैं।' लगभग सभी लोगों ने एक-दूसरे की हाँ में हाँ मिलाई।

चन्दन ने दूसरा प्रश्न किया, 'तुम लोग यह भी मानते हो कि ईश्वर सर्वशक्तिमान और सर्वव्यापी है और सब कुछ उसकी इच्छा और आदेश से ही होता है?'

'हाँ हाँ, बिल्कुल मानते हैं,' लोगों ने फिर एक स्वर में सहमति जताई।

चन्दन ने अगला सवाल किया, 'तो इसका मतलब यह हुआ कि तुम्हारी जो आज दीन-हीन हालत है, तुम जो रोजी-रोटी के लिए दूसरों के मुँहताज हो और तुमको नीच, अछूत या हेय मानकर दूसरे लोग तुमसे जिस प्रकार घृणा और उपेक्षा का व्यवहार करते हैं, तुम जो शोषण, अपमान और अत्याचार के शिकार हो इस सबका कारण ईश्वर है, वही तुम्हारी यह दुर्दशा कर रहा है।'

कहते-कहते चन्दन एक क्षण रुका और लोगों की ओर देखा। किसी से कुछ भी बोलते नहीं बन पा रहा था। सबके सब एक-दूसरे का मुँह ताकने लगे। चन्दन ने आगे कहा, 'एक तरफ तुम हो और दूसरी ओर वे लोग हैं जो किसी जाति में जन्म लेने मात्र से श्रेष्ठ समझे जाते हैं, चाहे वे कुरूप तथा आचरण से गिरे हुए हों। वे लोग जो कोठियों और बंगलों में रहते हैं, कारों में घूमते हैं, जिनकी तिजोरियाँ नोटों से भरी हैं। जो तुम्हारी कमरतोड़ मेहनत के बदले तुम्हें उचित मजदूरी तक नहीं देते, तुम्हारा शोषण करते हैं। यह सब भी ईश्वर करता है, है न?'

चन्दन ने लोगों की ओर प्रश्नसूचक दृष्टि से देखा। दबी जबान से लोगों ने स्वीकृति में सिर हिलाए। चन्दन ने आगे कहा, 'यदि आपकी बात ही सच मान ली जाए कि ईश्वर है, तो आप ही देखिए कि वह कितना अन्यायी और निर्दयी है। तुम लोग जिस ईश्वर को मानते हो, उसकी पूजा-अर्चना करते हो, उसको प्रसन्न रखने के लिए भेंट चढ़ाते हो, उसे तुम पर तनिक भी दया नहीं आती है और वह तुमको पशुवत और नारकीय जीवन जीने को बाध्य करता है। तब तुम ही सोचो कि यदि ईश्वर है भी तो ऐसे ईश्वर को क्यों माना जाए? उसकी पूजा-अर्चना क्यों की जाए? जो ईश्वर तुम्हारा भला नहीं करता बल्कि बुरा करता है उसको मानने का कोई औचित्य नहीं है।'

चन्दन ने देखा लोग आपस में खुसर-पुसर कर रहे थे और एक-दूसरे से कह रहे थे, 'बात तो ठीक कह रहा है चन्दन, आज तक हम ईश्वर को मानते-

पूजते आए हैं लेकिन क्या मिला है हमें। चन्दन की बात ही सच लगती है कि आत्मा, परमात्मा कहीं कुछ नहीं है।' चन्दन ने अपनी बात आगे बढ़ाई, 'इसीलिए मैं कहता हूँ कि तुम लोग सच्चाई को जानो और समझो तथा ऐसे काम करो जिनसे तुम्हारा भला हो सके। इन यज्ञ-अनुष्ठानों पर किया गया खर्च कहाँ लगेगा? उसका क्या लाभ होगा? बेहतर है कि इतना पैसा जीवन-सुधार के दूसरे कार्यों पर खर्च किया जाए। तुम्हारे बच्चे दिन-भर रेत-मिट्टी में खेलते-फिरते हैं। उनका भविष्य बनाने की ओर ध्यान दिया जाए, उनके लिए स्कूल खोले जाएँ। यहाँ के गली-रास्ते कितने बेकार पड़े हैं। थोड़ी-सी वर्षा होते ही चारों ओर पानी और कीचड़ जमा हो जाता है और निकलना तक दूभर हो जाता है। इन रास्तों को ठीक कराया जाए। बहुत-सी महिलाएँ घरों में बेकार बैठी रहती हैं, उनके लिए दिन बिताना मुश्किल होता है, ऐसी महिलाओं को सिलाई-बुनाई का प्रशिक्षण दिलाने की व्यवस्था की जाए। इनके अलावा भी बहुत से काम हो सकते हैं। चन्दा इकट्ठा करके ऐसे कार्य किए जाने चाहिए। इन कार्यों में मैं भी तुम लोगों का साथ दूँगा।'

चन्दन की सारी बातें सुनकर लोग अब उससे प्रभावित हो गए थे। चन्दन की बातें उनकी समझ में आ गई थीं। सबने एक स्वर में कहा, 'तुम ठीक कहते हो चन्दन भैया! हमारी भूल थी कि हम आत्मा-परमात्मा और देवी-देवताओं के चक्कर में पड़े हुए थे। तुमने हमारी आँखें खोल दीं। भला हो, तुम्हारा तुमने हमें सोते से जगा दिया। अब हम इन चक्करों में नहीं पड़ेंगे।' और यज्ञ के विचार को तिलांजलि देकर तथा चन्दन के प्रति कृतज्ञता ज्ञापित करते हुए लोग अपने-अपने घरों को लौट गए।

चार

जून क्या जुलाई का महीना भी गुजर गया। लोगों ने बहुतेरे यज्ञ-अनुष्ठान किए लेकिन मानसून नहीं आया। मानसून आया तो कहीं अगस्त के महीने में जाकर। पानी के अभाव में फसल सूख रही थी किसानों की। मानसून के आते ही उनकी बाछें खिल गईं। आम जनता गर्मी के मारे त्राहि-त्राहि कर रही थी। मानसून आने पर तापमान में कमी आई और लोगों को गर्मी से राहत मिली। रोज-रोज कमाकर लाने वाले और उससे ही पेट भरने की जुगाड़ करने वाले या दूसरे शब्दों में 'हैंड-टू-माउथ' की हालत में जीने वाले लोगों को जरूर असुविधा हुई। बरसात में घर से बाहर निकल नहीं सकते थे। निकलते भी तो कहीं काम नहीं मिलता। ऐसी हालत में किस तरह अपना गुजारा करते हैं, यह वे लोग ही जानते हैं।

बहुत तेज बरसात हुई एक दिन। खूब पानी बरसा, चारों ओर पानी ही पानी भर गया। पहले बहुत तेज अन्धड़ आया फिर सूखे ओले पड़े और अन्त में मूसलाधार वर्षा हुई। किनमिन-किनमिन, बूँदा-बाँदी तो सारे दिन होती रही। सब कुछ जैसे ठहर-सा गया था। चाहकर भी अपने घरों से बाहर नहीं निकल सकते थे लोग।

बच्चों के खेल-खिलौने बेचने का काम करता था हरिया। बच्चों के साथ हँसते-खेलते दिन ऐसे बीत जाता था उसका कि पता नहीं चलता था। लेकिन तेज बरसात के कारण वह भी घर से बाहर नहीं निकल सका उस दिन। चन्दन अपने कमरे में पढ़ रहा था।

अकेलापन कचोटने लगा हरिया को। कभी थोड़ी देर चन्दन के साथ बैठकर ही समय काटा जाए। फिर सोचता—'नहीं, चन्दन पढ़ रहा होगा, उसको परेशान करना ठीक नहीं है।' घंटों इसी ऊहापोह में पड़ा रहा वह। लेकिन अकेले समय काटना बहुत कठिन हो रहा था उसके लिए। सचमुच बड़ा कठिन होता है

अकेलेपन से उबरना। कोई न कोई तो चाहिए जिसके सहारे समय कट सके। पढ़ना-लिखना जानने वालों के लिए किताबें उनकी साथी बन जाती हैं और उन्हें अकेलापन अधिक नहीं कचोटता। लेकिन हरिया ठहरा निपट-निरक्षर। तब वह अपने अकेलेपन से कैसे उबरता। बहुत रोका उसने स्वयं को लेकिन अकेलेपन ने बेचैन कर दिया उसको और अन्ततः उसके कदम उठ ही गए चन्दन के कमरे की ओर।

'मौसम ठण्डा हो गया है आज। पर चलो बरसात तो हुई कम से कम। नहीं तो लोग बरसात के लिए तरस रहे थे।'

हरिया ने ये शब्द चन्दन को सम्बोधित करते हुए नहीं कहे थे। लेकिन उसके कमरे के पास आकर इस तरह से और इतने ऊँचे स्वर में कहे थे कि चन्दन के कानों में पड़े बिना नहीं रह सकते थे। चन्दन ने किताब से आँख उठाकर दरवाजे की ओर देखा। चौखट पर हरिया खड़ा था। उसने किताब बन्द की और चारपाई से उठते हुए बोला—'आइए, अन्दर आइए न, बाहर क्यों खड़े रह गए आप।'

'नहीं ऐसे ही। तुम पढ़ रहे थे, सोचा क्यों खलल डालूँ तुम्हारी पढ़ाई में।' हरिया सकुचाता हुआ सा बोला।

'नहीं-नहीं, ऐसी कोई बात नहीं है। आ जाइए आप, थोड़ी देर मुझे भी आगम मिल जाएगा इस बहाने।' कहते हुए चन्दन ने अपनी चारपाई के सिरहाने की ओर हरिया को बैठने के लिए जगह दी।

प्रायः अपनी किताबों में ही उलझा रहता था चन्दन। न कभी अपने कमरे से बाहर निकलता था और न किसी से ज्यादा बोलता-बतियाता था। बस, अपने काम से काम। रोटी खाते समय दो-चार बातें हो जाएँ हरिया से तो हो जाएँ नहीं तो अपने काम के अलावा और किसी चीज से कोई खास वास्ता नहीं रहता था उसक। शुरू में अटपटा-सा लगता था हरिया को यह सब और वह सोचा करता था कि चन्दन को इसलिए अपने पास रखा था कि उसके साथ दो घड़ी बोल-बतला सकूँगा। अपने मन का दुख-दर्द उससे कह सकूँगा। लेकिन उसे तो जैसे फुरसत ही नहीं है इस सबके लिए। क्या फायदा मिला है मुझे चन्दन को अपने पास रखकर।

लेकिन अब काफी कुछ बदलाव आ गया है हरिया की सोच में। वह सोचने लगा है—'ठीक ही तो करता है चन्दन। जब उसका काम ही पढ़ने का है और इसी काम के लिए वह यहाँ आया है तब पढ़ाई क्यों नहीं करनी चाहिए उसे।

पढ़-लिखकर ऊँची तालीम पाना ही तो पहला लक्ष्य है उसका। बाकी काम तो बाद के हैं। मैं अपना रोना-धोना लेकर बैठूँ उसके सामने तो इससे हर्ज ही तो होगा उसका, और कहीं वह भी मेरे दुख से दुखी हो गया तब तो जरूर बाधा पड़ेगी उसकी पढ़ाई में।' यही सोचकर हरिया ने भी कभी ज्यादा बातचीत करने की कोशिश नहीं की थी चन्दन से। आज पहला मौका था, जब वह चन्दन के पास आकर बैठा था।

आ तो बैठा हरिया चन्दन के पास लेकिन बात करे तो क्या करे। कहाँ से शुरू करे, कोई ओर-छोर तो होना चाहिए। वह कुछ समझ नहीं पा रहा था।

बहुत देर तक दोनों मौन में डूबे खिड़की, दरवाजे या छत की ओर निहारते रहे। मौन कैसे टूटे? दोनों में से किसी एक को पहल करनी ही थी। एक बार दोनों की दृष्टि आपस में टकराई तो हरिया ने ही मौन तोड़ा—'मौसम एकदम से बदला है आज,...है न?'

'हाँ, है तो।' संक्षिप्त-सा जवाब दिया चन्दन ने और फिर चुप।

बूढ़े हरिया ने चन्दन के चेहरे को देखा और सोचने लगा—'यदि रामप्यारी नहीं मरी होती और उसने बेटे को जन्म दिया होता तो इतना ही बड़ा हो गया होता वह भी अब तक।' सोचते-सोचते उसके अन्तर का वात्सल्य हिलोरें मारने लगा। मन किया कि चूम ले चन्दन को। गोद में भर ले उसको, उठाए-उठाए फिरे सारे में और पागल हो जाए खुशी से।

बरसात रुकने का नाम नहीं ले रही थी। लगता था बादल अपना सारा पानी आज धरती पर उड़ेल कर रहेंगे। बरसात के साथ-साथ तेज आँधी और ओलों ने वातावरण को ठंडा बना दिया था। बादलों से आकाश ऐसा आच्छादित था कि दिन में ही अन्धकार-सा छा गया था। चन्दन की नजरें खिड़की के बाहर उलझी हुई थीं। हवा के एक तेज झोंके के साथ बर्फ के छोटे-छोटे टुकड़े खिड़की के रास्ते अन्दर कमरे में आ गिरे।

तुरन्त उसका ध्यान घुटने तक धोती बाँधे और केवल फटा-सा कुर्ता लटकाए हरिया पर गया।

'आप ऐसे कैसे बैठे हैं, ठीक से बैठिए न चादर ओढ़कर।' इतना कहने के साथ ही चादर का एक हिस्सा हरिया के पैरों पर डाल दिया उसने।

'नहीं-नहीं, तुम अपना ख्याल करो बेटा! मुझे ठण्ड नहीं लग रही।...और फिर अब तो सब कुछ सह लेने की आदत-सी बन गई है मेरी। तुम नौजवान

हो, तुम्हें हर तरह से अपनी हिफाजत करनी चाहिए, तुम्हें बहुत कुछ करना है अभी। हम बूढ़ों का क्या है आज मरे कल दूसरा दिन। मरने के बाद कोई हल-पड़ौते तो बनेंगे नहीं इन हड्डियों से। बल्कि हम बूढ़ों का तो फर्ज बनता है कि हम तुम्हारा ख्याल रखें वरना और क्या उपयोग है हमारा।' और कहने के साथ-साथ चन्दन को चादर में दबा-सा दिया चारों ओर से हरिया ने, जैसे कोई माँ अपने बालक को दुबकाती-बचाती है।

प्यार और आत्मीयता भी कितनी सह सकता है आदमी। घृणा और अपमान से बहुत जल्दी उबरा जा सकता है लेकिन प्यार और अपनत्व से उबरना कितना कठिन है यह वही जान सकता है जिसे इतना प्यार और अपनत्व मिला हो कभी। कोई चन्दन से आकर पूछता आज कि क्या हरिया के प्यार, स्नेह और उसके अपनत्व से उबर सकता है वह तो उसका उत्तर होता-नहीं, कभी नहीं।

इस अनजान शहर में जब आया था तो कितना पराया सा अनुभव करता था वह स्वयं को लेकिन आज हरिया से इतना प्यार और अपनत्व पाकर वह सोचने को विवश हो गया कि कोई अपना भी इससे ज्यादा क्या प्यार करेगा। वह अभिभूत हो गया और उसका मन हरिया के प्रति सम्मान से भर गया। वह बोला, 'आप मेरा इतना ख्याल करते हैं, कुछ अपना भी तो ख्याल किया कीजिए।'

'कहाँ, मैं कहाँ ख्याल रख पाता हूँ तुम्हारा।' हरिया ने अचकचाते हुए कहा।

'कहाँ क्यों, मैं देख रहा हूँ जब से मैं आया हूँ आपको मेरी सुख-सुविधा की चिन्ता लगी रहती है, अपनी ओर ध्यान भी नहीं देते कभी। चाहिए तो यह कि मैं आपकी देखभाल करूँ ताकि आपको कुछ आराम मिले, लेकिन उल्टे आप ही मेरे लिए परेशान रहते हैं।' हरिया के प्यार और अपनत्व से अभिभूत होते हुए बोला चन्दन।

'मैं ठहरा शराबी आदमी बेटा! मुझे न दुनिया का ध्यान रहता है न अपना। फिर तुम्हारा ध्यान भी पूरी तरह कहाँ रख पाता हूँ मैं। काश, मैं तुम्हारा ख्याल रख पाता।' हरिया ने अफसोस सा व्यक्त करते हुए कहा।

'नहीं! ऐसी बात नहीं है। मैं देखता हूँ आप दूसरे लोगों की तरह शराबी नहीं हैं। न ही ऐसा लगता है कि आपको शराब पीने का कोई व्यसन हो। हो न हो जरूर कोई बहुत बड़ी चोट आपके मन को लगी है और उसी से उबरने के लिए आप शराब का सहारा लिए रहते हैं।' हरिया को अफसोस से उबारने की कोशिश की चन्दन ने।

जिस जख्म की पीड़ा को वर्षों से चुपचाप सहता आया था हरिया और कभी आभास तक नहीं होने दिया उसका, आज इसी जख्म को कुरेद दिया चन्दन ने। मर्मांतक पीड़ा से अन्दर ही अन्दर कराह उठा वह। उसका मन भारी हो गया और आँखों में आँसू छलक आए।

लेकिन स्वयं को सँभाला हरिया ने और अपनी पीड़ा को छिपाता हुआ बात बदलकर उठ खड़ा हुआ—'अरे, मैं भी कितना पागल हूँ। अच्छे-खासे पढ़ने में लगे थे तुम। मैं फिजूल में तुम्हारा समय जाया करने चला आया। लगता है उम्र के साथ-साथ मेरी बुद्धि भी सठिया गई है। पढ़ो बेटा, पढ़ो, पूरी मेहनत से पड़ो। मन लगाकार पढ़ो, ऊँची तालीम पाओ और बड़े होदे तक पहुँचो।'

चन्दन को कुछ भी बोलने का अवसर दिए बिना हरिया उठा और उसकी कोठरी से बाहर हो गया। एक विचित्र से ऊहापोह में देखता रह गया चन्दन।

पाँच

अभी रोटी लेकर बैठा ही था सुक्खा खाने के लिए कि मुनादी की आवाज कानों से आ टकराई—'ढब-ढब-ढब... । गाँव वालों के लिए जरूरी ऐलान। ढब-ढब-ढब... । जिन लोगों ने अभी तक लगान जमा नहीं किया है वे आज अपना लगान जमा करा दें। अमीन साहब आए हुए हैं। जो लगान नहीं भरेगा उसकी बेदखली हो जाएगी। ढब-ढब-ढब... ।' जैसे काठ मार गया सुक्खा को। हाथ का निवाला ज्यों का त्यों थाली में रख दिया उसने और हाथ धोकर उठ खड़ा हुआ।

मिट्टी के चूल्हे में उपलों की आँच में रोटी सेंकती रमिया का ध्यान मुनादी की ओर नहीं था। वह किन्हीं और विचारों में खोई हुई थी। सुक्खा के इस तरह बिना कुछ खाए-पिए उठ खड़े होने से रमिया के मस्तिष्क को ठनका लगा, 'क्या हुआ चन्दन के बापू?'

'कुछ नहीं।' सुक्खा ने टालने की कोशिश की। लेकिन रमिया ऐसे ही बूढ़ी नहीं हुई थी। उसकी अनुभवी आँखों ने तुरन्त भाँप लिया कि जरूर कोई न कोई बात है वरना अब से पहले तो कभी इस तरह खाना बीच में छोड़कर नहीं उठा था सुक्खा। उसने पूछा, कुछ तो?'

सुक्खा का उतरा हुआ चेहरा बता रहा था कि वह किसी गहरे सोच में डूबा हुआ था। अचानक छा गई इस उदासी का कारण जानना चाहा रमिया ने लेकिन सुक्खा छप्पर से बाहर आ गया और माथा पकड़कर बैठ गया।

'जरूर कोई गंभीर बात है।' रमिया को अब इस बात में कोई सन्देह नहीं रहा। उसका मन भी उद्विग्न हो उठा। तए की रोटी तए पर और गहे की गहे में छोड़कर आटे में सने हाथ लिए सुक्खा के पीछे-पीछे बाहर निकल आई वह भी और सुक्खा के सामने उसके पैरों के पास जमीन पर बैठते हुए बोली—'क्यों जी, क्या हुआ तुम्हें?'

'कुछ नहीं, यूँ ही।' सुक्खा ने फिर से टालने की कोशिश की।

लेकिन रमिया की उद्विग्नता बढ़ती जा रही थी, 'यदि कुछ नहीं तो फिर इस तरह माथा पकड़कर क्यों बैठे हो? तुम्हारी तबीयत तो ठीक है?' उसने पूछा।

'हाँ, ठीक है।' सुक्खा ने फिर टालने की कोशिश की यह सोचकर कि नाहक रमिया को भी कष्ट होगा सुनकर।

सुक्खा जितना टालने की कोशिश कर रहा था रमिया उतना ही जानने के लिए परेशान हो रही थी, 'तो फिर क्या हुआ है तुम्हें? इस तरह एकाएक रोटी छोड़कर क्यों उठ आए तुम? कहीं रोटी-सब्जी में तो गड़बड़ नहीं हो गई किसी तरह की? कोई कंकर-पत्थर की डली या ऐसी कोई और चीज तो नहीं आ गई है?...देखो जिन्दगी भर निभाई तुमने। अच्छा-बुरा जैसा भी बनता है मैं पूरी कोशिश करती हूँ कि ठीक ही बने सब कुछ, पर बुढ़िया हो गई हूँ अब, न हाथ-पाँव ढंग से काम करते हैं न ठीक से दिखाई देता है। मेरे हाथ में तो है नहीं कुछ, अब तुम ही? बताओ मैं क्या करूँ?'

'नहीं-नहीं, ऐसी बात बिल्कुल नहीं है रमिया। तू खामखाँ सोचकर अपना मन खराब करती है।' सुक्खा ने उसे समझाना चाहा।

लेकिन रमिया का मन नहीं मान रहा था। वह सुक्खा की मानसिक पीड़ा का कारण जानने के लिए व्यग्र थी, 'ऐसी बात भी नहीं है तो आखिर बात क्या है? बताओ न। मैं कोई गैर तो हूँ नहीं जो मुझसे भी छिपाते हो। एक-दूसरे का दुख-दर्द बाँटने की और जिन्दगी भर एक-दूसरे का साथ निभाने की कसम खाई है हमने। फिर मुझसे भी अपने मन की बात छिपाओगे तो कहोगे किससे?'

'...।' सुक्खा अब भी चुप।

सुक्खा की चुप्पी ने उसे और अन्दर तक उद्विग्न कर दिया। इस बार वह समझाने की मुद्रा में बोली, 'देखो चन्दन के बापू, तुम किसी भी परेशानी में उलझे हो जब तक बताओगे नहीं तो परेशानी हल कैसे होगी। मैं तुम्हारी जीवन-संगिनी हूँ। तुम्हारा सुखदुख मेरा सुख-दुख है। दोनों मिलकर सोचेंगे-करेंगे तो क्या पता हमारी तकलीफ खत्म हो जाए।...या सोचते हो कि मैं बुढ़िया हो गई हूँ और किसी काम की नहीं रही, तुम्हारी कोई मदद नहीं कर सकती मैं। पर देखो, बुढ़िया जरूर हूँ मैं और उम्र से गिर गई हूँ, यह मेरे वश की बात नहीं है। लेकिन हिम्मत और हौसले में किसी से कम नहीं हूँ मैं अभी भी। बड़े-से-बड़ा त्याग कर सकती हूँ मैं तुम्हारे लिए चन्दन के बापू! पर तुम बताओ तो सही, आखिर बात क्या है, तुम इतने दुखी क्यों हो?

भावुकता में बह चली थी रमिया और चुप लगाए रहता सुक्खा तो जाने कहाँ-कहाँ तक सोच लेती वह। और फिर रमिया के आग्रह को टाल भी कैसे सकता था सुक्खा। जीवन भर जिसने उसके साथ कन्धे से कन्धा मिलाकर संघर्ष किया, भूखी-प्यासी रहकर दोपहरी-तिपहरी कमाया। जो अपना दुख-दर्द भूलकर सदा उसके लिए चिन्तित रही, जिसने अपने आपको उसके लिए न्यौछावर कर दिया, उससे चोरी कैसे की जा सकती थी। आज तक कुछ भी छिपाया नहीं सुक्खा ने फिर आज ही उस रमिया से अपने मन की बात कैसे छिपाता वह।

'सुनी नहीं तुमने मुनादी की आवाज?' कहते हुए उसने रमिया की ओर देखा।

'नहीं, मैंने कुछ नहीं सुना। मैं तो रोटी सेंकने में लगी थी। बताओ न किस बात की मुनादी थी।' रमिया मुनादी का कारण जानने को उत्सुक हो उठी।

'अमीन आया है लगान वसूल करने। नहीं दिया तो बेदखली हो जाएगी।' और कहकर चुप हो गया सुक्खा।

बेदखली का नाम सुनते ही चेहरा फक पड़ गया रमिया का भी। एकबारगी पैरों के नीचे से जमीन खिसकती-सी लगी उसे, लेकिन किसी तरह खुद को सँभाला उसने और सुक्खा को ढाढ़स बँधाया, 'जाकर देखो न किसी के पास।'

'किसके पास जाऊँ, कोई भी तो धेला तक देने को तैयार नहीं है। कहते हैं कहाँ से पटेगा।' कहकर एक बार उसने रमिया की ओर देखा और फिर आँखें शून्य में टिका दीं।

'लाला दुर्गादास के पास ही हो आते।' रमिया ने सुझाव दिया।

'कोई फायदा नहीं जाने से, वह भी नहीं देगा। जब तक चीजें थी गिरवी रखने को वह देता रहा, अब कुछ नहीं बचा है तो वह भी कुछ नहीं देता। पिछले दिनों गया था तब भी साफ इन्कार कर दिया था उसने।...अब कहीं से कोई उम्मीद नहीं रही रमिया। हर ओर अधेरा है—घुप्प अधेरा।' और अपना माथा पकड़कर बेबसी में इधर-उधर हिलाने लगा सुक्खा।

वह सोच में डूब गया। 'जब दिन बुरे आते हैं तो बने-बनाए काम भी बिगड़ जाते हैं। मेहनत-मजदूरी कर-करके एक-दो बीघे की बीडिया खरीद ली थी उसने और एक भैंस भी पाल ली थी। खाने-पीने के लिए थोड़ा-बहुत अनाज खेत में हो जाता था और कुछ ठाकुर-जमींदारों के खेतों में लाई-पताई से। भैंस का दूध बेचकर साग-सब्जी और ऊपर का खर्च चल जाता था। अच्छा काम

चल निकला था। घर का भी गुजारा हो जाता था और चन्दन को खर्चा-पानी भी चला जाता था। पर वक्त की मार ने सब कुछ चौपट कर दिया सुक्खा का।

एक बार गलाघोंटू की बीमारी फैली पशुओं में। बहुत सारे पशु इस बीमारी की भेंट चढ़ गए। सुक्खा की भैंस भी इस बीमारी की चपेट में आई और मर गई। हाथ-पल्ले कुछ होता तो दूसरी भैंस खरीद लेता सुक्खा। पर चन्दन की पढ़ाई का खर्च ही जैसे-तैसे पूरा हो पाता था, और कुछ तो कर ही नहीं सकता था वह। फिर चिट्ठी आई है चन्दन की—दो सौ रुपये चाहिए, इस्तहान की फीस के लिए। फीस जमा नहीं हुई तो इस्तहान नहीं दे सकेगा वह, सारे करे-धरे पर पानी फिर जाएगा। भविष्य बेकार हो जाएगा उसका।

सोच-सोचकर सिर चकराने लगा सुक्खा का। आखिर इतना सब वह करे कहाँ से। जेवर के नाम पर जो एकाध चीज थी रमिया के हाथ-पाँव में वह पहले ही बिक चुकी है। हाथ-पाँव नंगे रह गए हैं बेचारी रमिया के भी। दिन-रात नंगे पाँव कील-खोबड़ों में चलते-फिरते तलुओं में जख्म बन गए हैं, एक जोड़ी जूती तक नसीब नहीं हो पाती। एक-दो गजा तहमद और फटा-सा मैला-कुचैला कुर्ता है सुक्खा के पास और एक पेटीकोट, कमीज और ओढ़ना रमिया के पास, उनमें भी जगह-जगह थेकली लगी हैं। घर पहले से गिरवी रखा है लाला के पास। उसकी भी मियाद पूरी होने को है। मियाद खत्म होते ही लाला क्या रहने देगा। बड़ा काइयाँ है, एक दिन भी तो टिकने नहीं देगा वह। दो खूड थे वे भी अब नहीं रहेंगे। अब क्या होगा?...कहाँ सिर छिपाएँगे? कैसे गुजर होगी अब? हाय री बेबसी...।'

सुक्खा जितना सोचता गया उतना ही दुखी और विकल होता गया। अपने से ज्यादा वह चन्दन के बारे में सोचकर बेचैन होने लगा। 'दुक्खम-सुक्खम अपनी तो देख भी लें, पर चन्दन का क्या होगा। क्या उसकी पढ़ाई अधूरी छूट जाएगी? क्या उसकी इच्छाओं का जिन्दे ही गला घुट जाएगा? क्या ऊँचे होदे तक पहुँचने का उसकी उम्मीदों का महल रेत के ढेर की तरह बिखर जाएगा? क्या मेरे जीते जी मेरे इकलौते बेटे को अपनी पढ़ाई-लिखाई छोड़कर मेरी तरह शोषण और बर्बरता की चक्की में पिसना पड़ेगा? क्या उसे भी गुजर-बसर के लिए लाला-साहूकारों के तलुए सहलाने पड़ेंगे? क्या उसे भी ठाकुर-जमींदारों के सांटे और दुधमुँहे बच्चों तक की गालियाँ सहनी पड़ेंगी? क्या उसे भी गुड़ की डली या प्याज की गंठी के साथ रूखी-सूखी रोटी हलक के नीचे उतारकर दिन गुजारने पड़ेंगे? क्या उसे भी मेरी तरह जानवरों का सा जीवन जीना पड़ेगा?'

असहनीय वेदना से काँपने लगा सुक्खा। उसकी चेतना अवरुद्ध होने लगी। इस समय कोई आकर गला दबा देता सुक्खा का या कोई खंजर उसकी छाती को पार कर जाता तब भी उतना दुख, उतनी पीड़ा न होती उसे जितना दुख और पीड़ा उसे इस समय हो रही थी।

सीने में खंजर उतर जाए या गोली लग जाए तो थोड़ी देर पीड़ा होती है। थोड़ी देर तड़पता-फड़फड़ाता है आदमी और फिर शान्त हो जाता है। लेकिन जीवन भर की घुटन तथा हर कदम पर अभाव और उत्पीड़न की तड़प और बेबसी तो अंतहीन है। उससे कैसे पार पाए आदमी, कैसे शान्त हो। अपने विगलित-विचलित मन-मस्तिष्क को सुक्खा भी कैसे शान्त करे। व्यथित-विकल जीवन में, कहाँ से सुख-चैन की धारा प्रवाहित करे। 'क्या यही देखना बचा था मेरी किस्मत में।' सुक्खा का मन हुआ कि वह पूरी ताकत से किसी पत्थर पर अपना सिर दे मारे और लहू-लुहान हो जाए।

रमिया की तो साँसें जैसे अटक सी गईं। गला अवरुद्ध हो गया उसका। कई बार कुछ बोलने की कोशिश की उसने, पर अवरुद्ध कण्ठ से कुछ नहीं निकल पाया। बेघर होकर दर-दर की ठोकर खाने की कल्पना से ही उसको पसीना छूटने लगा। लेकिन वह भी क्या करे बेचारी। जब मर्द होकर सुक्खा कुछ नहीं कर सकता तो वह बूढ़ी औरत क्या कर सकती है भला।

चारों ओर सन्नाटा छा गया था। सुक्खा और रमिया दोनों इस गहरे सन्नाटे में डूबे थे। सुक्खा को ज्यादा घबराहट हुई। उसने ही इस सन्नाटे को तोड़ा—'हमने कौन से पाप किए हैं रमिया, जो हमको ये दिन देखने पड़ रहे हैं।'

और फिर दोनों हथेलियों के बीच मुँह छिपाकर फूट पड़ा सुक्खा, 'हे भगवान! तू हमें उठा ले। हम सब कुछ बर्दाश्त कर लेंगे। लाख मुसीबतें दे हमको, हम सब दुख सह लेंगे। भूखे-प्यासे रह लेंगे, पर चन्दन के साथ नाइंसाफी मत करना। उसके जीवन की बर्बादी हम नहीं देख सकते—कभी नहीं देख सकते।' और बिलख-बिलख कर रो पड़ा सुक्खा।

रमिया की भी आँखें भर आईं और कलेजा मुँह को आ गया उसका। ओढ़ने का पल्लू मुँह में दबाकर गले में अटकी सिसकी को रोकती हुई वह भीतर लौट गई और धम्म से चारपाई पर जा पड़ी।

छह

दिन भर कुछ नहीं खाया-पिया दोनों में से किसी ने भी। सुक्खा की थाली में जो दो-चार रोटी पड़ी थीं, उनमें से एकाध को चूहे घसीट ले गए और बाकी को कुत्ता मुँह में दबाकर ले गया। आटे की जो लोथ बची रह गई थी, उसे एक कुतिया आकर खा गई। लेकिन रोटी ले जाते या लोथ खाते, इन कुत्तों को न सुक्खा ने टोका न रमिया ने। जब सब कुछ ही जा रहा है हाथ से तब इन दो रोटियों से ही क्या होगा। रमिया झोंपड़ी में पड़ी-पड़ी आँसू बहाती रही और सुक्खा बाहर खाट पर कभी लेटते, कभी बैठते, कभी आकाश की ओर ताकते और कभी जमीन कुरेदते विचारों के खाई-खड्डों में उठता-गिरता रहा।

साँझ हो आई थी। दिन-भर का थका-माँदा सूर्य भी विश्राम के लिए लौट चला था। सुबह-सवेरे ही जंगल को गए कमेरे घर लौटने लगे थे। पक्षियों का कोलाहल और बच्चों की धमाचौकड़ी बढ़ चली थी।

लेकिन सुक्खा और रमिया दोनों बेसुध-बेखबर से अपने आप में उलझे हुए थे। दिन-भर की उदासी और जद्दोजहद से रमिया ही पहले उबरी। निराशा के अन्धकार से निकलने के लिए एक उपाय उसके दिमाग में आया। वह अनमनी-सी उठी और सुक्खा के पास आकर बोली, 'चन्दन के बापू!'

'ऊँ, हाँ!' रमिया की आवाज ने सुक्खा की भी तन्द्रा तोड़ दी।

'ठाकुर साहब की ही खुशामद करके देख लेते एक बार! वह चाहें तो सब कुछ ठीक हो सकता है।' उसने अपने मन की बात सुक्खा के सामने रखी।

जैसे किसी जहरीले सर्प ने डस लिया सुक्खा को। 'क्या कहा...ठाकुर साहब के पास? भूल गई क्या...?' और अतीत उसकी आँखों के सामने घूम गया।

चन्दन जब शहर पढ़ने गया था तो जैसे भूचाल आ गया था सारे गाँव में। ब्राह्मण-ठाकुर सबके कान खड़े हो गए थे। एक अनहोनी बात हो गई, अनहोनी ही नहीं, जैसे बड़ा भयंकर अनर्थ हो गया। ब्राह्मण और ठाकुरों से लेकर लाला-साहूकार तक सब हैं इस गाँव में और बड़े-बड़े पैसे और हैसियत वाले, पर आज तक किसी का बेटा शहर पढ़ने नहीं गया। लेकिन सुक्खा चमार का बेटा पढ़ने शहर चला गया। नाक कट गई सबकी। सबके सिर पर मूत दिया एक चमार ने। पहले हल्की-हल्की सुगबुगाहट हुई लोगों में फिर स्वर तीखा होता गया।

सबसे पहले काणे पण्डित से मुकाबला हुआ सुक्खा का। काणे पण्डित का असली नाम श्रीराम शर्मा था। पर बचपन में ही चेचक में एक आँख चली गई थी, तब से उसे काणाराम कहा जाने लगा। तीसरे दर्जे तक पढ़ा था काणाराम। पण्डित पुरोहिताई का पुश्तैनी धन्धा था, इसलिए धार्मिक अनुष्ठानों के नाम पर जो कुछ किया-कराया जाता है, काणाराम ने भी वह सब सीख लिया था। थोड़े से संस्कृत के श्लोक भी कंठस्थ कर लिए थे उसने। पिता की मृत्यु के पश्चात उसने भी आजीविका के लिए यही पैतृक धन्धा चुना। इसके सिवाय और कर भी क्या सकता था वह। पढ़ा-लिखा इतना था नहीं कि कहीं नौकरी पा जाता और नौकरी के अलावा मेहनत-मजदूरी या कोई अन्य कार्य करना ब्राह्मण होने के नाते न तो उसके लिए सम्मान की बात थी और न ही सुविधाजनक। किसी और मुल्क या गैर-जाति में पैदा हुआ होता तो भूखा मरता काणाराम, लेकिन धन्य हो भारत की समाज व्यवस्था कि यहाँ पर ब्राह्मण भूखा मर ही नहीं सकता। व्यक्ति के जन्म से लेकर मृत्यु तक किसी न किसी रूप में ब्राह्मण उससे टैक्स वसूल करता है। चाहे कितना भी अशिक्षित, अयोग्य और अक्षम क्यों न हो, लेकिन एक ब्राह्मण, पण्डित, पुरोहिताई करके सुख और सम्मान से जी सकता है। तब काणाराम भी पुरोहिताई के अलावा और काम करना क्यों पसन्द करता, जबकि वह जानता था कि पुरोहिताई के पेशे से लोगों को बेवकूफ बनाकर अपनी आजीविका मजे से चलाई जा सकती है। पण्डिताई का काम करने के कारण ही उसका नाम काणा पंडित चल निकला था।

कहते हैं काणे पण्डित के दादा को ज्योतिष विद्या का बड़ा ज्ञान था। भूत-प्रेतादि ऊपरी हवाओं का इलाज भी करते थे। उसके पिता भी थोड़े-बहुत जानकार थे, लेकिन काणे पण्डित को ऐसी कोई विद्या नहीं आती। पर लोग तो विश्वासी होते हैं। गाँव के लोगों का विश्वास था कि जब बाप-दादा इतने भारी

पण्डित थे, ज्योतिष विद्या के तो काणा पण्डित भी जरूर जानता होगा थोड़ा-बहुत। यह हो ही नहीं सकता कि वह कुछ नहीं जानता हो। यही विश्वास कर लोग काणे पण्डित के पास भी आते थे उसको अपना हाथ दिखाने, अपना भविष्य पूछने या भूत-प्रेत आदि ऊपरी हवाओं के उपाय के लिए। विद्या नहीं थी तो क्या हुआ बुद्धि तो थी काणे पण्डित के पास, उसने कभी निराश नहीं किया किसी को। सबके हाथ देखता था, सबका भविष्य बताता था और सबकी झाड़-फूँक करता था। अब इतना सब करने वाले काणे पण्डित को क्या कुछ कमी हो सकती थी भला। दान-दक्षिणा की खूब मौज रहती थी। ऊपर से गाँव में मन्दिर के पुजारी का काम-काज भी वही देखता-भालता था। मन्दिर में प्रसाद और चढ़ावे में भी खूब सामान आता था—फल, मिठाई, कपड़े और नकद पैसे अलग। ठाकुर हरनाम सिंह की हवेली के दक्षिण में बड़ा दोमंजिला मकान था उसका।

टकराते ही बात छेड़ दी काणे पण्डित ने, 'सुना है सुक्खा, तेरा बेटा पढ़ने के लिए शहर गया है?'

'हाँ पण्डित जी, गया तो है आपके आशीर्वाद से।' सुक्खा ने लगभग दोहरा होते हुए विनीत स्वर में कहा।

सुक्खा के मुँह से हाँ सुनते ही भभक उठा काणा पंडित, 'आशीर्वाद कहता है इसे। अनर्थ कर दिया तूने, महाअनर्थ।'

'क्या कह रहे हो पण्डित जी।' चौंका सुक्खा अनर्थ के नाम पर। गाँव के दलित और दरिद्र लोगों में कुछ ज्यादा ही होता है अनर्थ और अधर्म जैसे शब्दों का आतंक।

संयोग की बात थी कि ठाकुर हरनाम सिंह भी उधर से आ निकले। ठाकुर साहब को देखते ही एकदम क्रोध की मुद्रा में आ गया काणा पण्डित, 'तू कितना ही बड़ा हो जा सुक्खा, लेकिन धर्म-शास्त्रों से बड़ा नहीं हो सकता तू। अपमान करता है धर्म-शास्त्रों का, वेद-वेदांगों का और पूछता है क्या हुआ, नास्तिक...।'

काणे पण्डित की ऊँची आवाज से घबराया सुक्खा। उसे आश्चर्य हुआ काणे पंडित को क्रोधित होता देखकर। वह जानता था कि ठाकुर-ब्राह्मणों का क्रोधित होना उनके लिए हितकर नहीं है। अत: दीनता से गिड़गिड़ाते हुए बोला—'जान-बूझकर मैंने कोई गलती नहीं की पण्डित जी, अनजाने में कुछ हो गया हो तो माफ कर दें।'

सुक्खा के गिड़गिड़ाने का काणे पंडित पर कोई प्रभाव नहीं पड़ा। उल्टे वह और ऊँचे स्वर में बोला, 'प्रायश्चित करना पड़ेगा तुझे सुक्खा—प्रायश्चित। जल्दी से अपने बेटे को शहर से वापस बुला और प्रायश्चित करने का उपाय कर।'

ठाकुर साहब निकट आ गए थे। काणे पण्डित को गुस्से में आग-बबूला होते देख पूछ बैठे—'क्या हुआ काणे पण्डित, क्यों गुस्सा हो रहे हो?'

'जब ऐसा अनर्थ होगा गाँव में तब गुस्सा नहीं आएगा तो क्या आएगा। जीते जी मक्खी तो नहीं निगली जाती ठाकुर साहब।' गुस्से और घृणा से उसने एक बार सुक्खा की ओर देखा और फिर ठाकुर साहब की ओर मुखातिब हुआ।

'आखिर हुआ क्या है? बात तो बताओ।' ठाकुर साहब ने पूछा।

'होने को रह भी क्या गया है ठाकुर साहब। सबके मुँह पर कालिख पोत दी है सुक्खा और उसके बेटे ने।' काणे पंडित ने उसी ताव और तेवर से कहा।

ठाकुर साहब ने सुक्खा की ओर देखा। सिर झुका लिया सुक्खा ने।

'क्यों सुक्खा, क्या हुआ?' ठाकुर साहब ने सुक्खा से पूछा।

टाँगें काँपने लगीं सुक्खा की। क्या कहे ठाकुर साहब से, क्या जवाब दे। जैसे-तैसे हिम्मत जुटाकर बोला, 'आप माई-बाप हैं मालिक! आपका दिया खाते हैं। आपका गुलाम हर समय आपकी ताबेदारी में हाजिर है। पर बेटा नहीं माना, जिद कर बैठा आगे पढ़ने को और शहर चला गया है।'

ठाकुर साहब कछ बोलते कि उससे पहले की काणा पण्डित बोल उठा, 'सुन लिया आपने भी ठाकुर साहब! आज तक किसी का बेटा शहर पढ़ने नहीं गया। कई पीढ़ियों से हमारे-आपके पुरखे इस गाँव में रहते आए हैं। कभी किसी ब्राह्मण-ठाकुर या सेठ-साहूकार का बेटा इतना ऊँचा नहीं पढ़ा, लेकिन यह दो कौड़ी का आदमी, यह चमार की औलाद हम सबके मुँह पर कालिख पोतने चला है—बेटे को ऊँची तालीम के लिए शहर भेजकर। यह अपमान है ठाकुर साहब, हम सबके मुँह पर एक चाँटा है।'

बात ही कुछ ऐसी कह दी काणे पण्डित ने, खून खौल उठा ठाकुर साहब का भी। गुस्से से चेहरा तमतमा गया उनका। लेकिन स्वयं पर संयम रखा उन्होंने और बात को दूसरा रुख देते हुए विनम्रतापूर्वक बोले वह, 'हम जानते हैं सुक्खा, लड़का नई पीढ़ी का है, पढ़ा-लिखा है। कुछ ऊपर उठने और दो पैसे ज्यादा कमाने की इच्छा रखता होगा। पर इसके लिए घर छोड़कर शहर जाने की क्या

जरूरत थी। अपना घर और अपनी धरती छोड़कर भी कोई कहीं जाता है भला और तुम्हारा बेटा चला है अपना घर और गाँव छोड़कर। इतनी सारी मिल्कियत फैली पड़ी है हमारी। हमें भी बहुत दिन से एक ईमानदार और पढ़े-लिखे आदमी की जरूरत थी इस सबकी देखभाल और हिसाब-किताब के लिए। तुम्हारे बेटे से ज्यादा विश्वासपात्र आदमी और कौन मिल सकता है हमें। तुम उसे वापस बुला लो, सब दिक्कतें दूर हो जाएँगी तुम्हारी।'

बाल यूँ ही धूप में सफेद नहीं हुए थे सुक्खा के। जिन्दगी में बहुत कुछ देखा और भोगा था उसने। ठाकुर साहब के नम्र विरोध को तुरन्त भाँप गया वह। उसे समझते देर नहीं लगी कि इस सुझाव में प्रच्छन्न धमकी थी। उसके मन में आया कि वह सीधे-सीधे कह दे ठाकुर साहब से कि मैं तुम्हारी चाल को समझता हूँ। तुम्हारी चिकनी-चुपड़ी बातों में आकर अपने बेटे को तुम्हारी गुलामी नहीं करने दूँगा मैं। तुम लोग मक्कार हो, धोखेबाज हो। लेकिन अपने मनोभावों पर संयम रखा सुक्खा ने और पहले की तरह ही अनुनय-विनय के स्वर में बोला—'आपकी बात सिर-आँखों पर मालिक। पर मैं बूढ़ा आदमी क्या कह सकता हूँ। लड़का नई उमर का है और दो हरफ पढ़-लिख भी गया है आपकी ठोकरों में रहकर। आपकी बात उस तक कहलवा दूँगा मैं।'

ठाकुर साहब को लगा कि बात को बेटे के ऊपर टालकर अप्रत्यक्ष रूप से उनकी उपेक्षा कर रहा है सुक्खा। आज तक किसी को उनकी उपेक्षा करने का साहस नहीं हुआ, लेकिन आज सुक्खा...। उनका स्वर थोड़ा कठोर हो गया इस बार—'बेटा क्या बाप से भी बड़ा हो जाएगा?'

'ऐसी बात नहीं है ठाकुर साहब। यह गुलाम आपसे बाहर नहीं है लेकिन लड़के की बात और है।' अपनी विवशता व्यक्त कर ठाकुर साहब के गुस्से को शांत करने की कोशिश की सुक्खा ने।

सुक्खा और ठाकुर साहब के बीच हुए संवाद को अब तक चुपचाप खड़ा हुआ सुन रहा था काणा पण्डित। उसने देखा कि सुक्खा किसी भी तरह अपने बेटे को वापस बुलाने के लिए तैयार होने की बजाय दाएँ-बाएँ हो रहा है। ऐसे में और अधिक चुप रहना सुक्खा का हौसला बढ़ाना था। जबकिं उसके लिए तो जूती की धूल से ज्यादा कुछ औकात ही नहीं थी सुक्खा की। उसका हौसला तोड़ना जरूरी था। जरूरी था कि जूती की धूल जूती ही बनी रहे, माथे का तिलक न बन पाए। बीच में कूद पड़ा काणा पण्डित और ठाकुर साहब को सम्बोधित

करता हुआ बोला—'सुन लिया ठाकुर साहब। ये आलम हैं इन लोगों के। एक तो अनर्थ करता है ऊपर से मुँह लड़ाने से भी बाज नहीं आता है। अछूतोद्धार का नतीजा है यह सब। और करो हरिजनों का उद्धार, और सिर चढ़ा लो इनको। अभी तो देखना हम सबके सिर पर मूतेंगे ये ?'

काणे पण्डित के इन शब्दों ने आग में घी का काम किया। ठाकुर साहब के क्रोध की आग प्रचंड हो उठी। उनका चेहरा सुर्ख हो गया, आँखों में खून उतर आया, भौहें फड़कने लगीं और पेंचदार मूँछों में ताव आ गया।

'हम फिर कहते हैं सुक्खा, सोच लो और अपने बेटे को वापस बुला लो। इसी में गनीमत है, वरना...।'

सुक्खा ने कोई जवाब नहीं दिया। ठाकुर साहब और काणा पण्डित दोनों गुस्से में पैर पटकते हुए चले गए। सुक्खा भी अपने झोंपड़े की ओर लौट आया।

अपनी बात का न माना जाना ठाकुर साहब को अपमानजनक लगा था। इस अपमान को सह नहीं सके वे। उसी दिन ठाकुर हरनाम सिंह की चौपाल पर गाँव के सारे सवर्णों की पंचायत हुई। फैसला हुआ कि न तो सुक्खा को खेत-क्यार में घुसने दिया जाए, न उसे किसी डौले-चकरोड से घास खोदने दी जाए और न उसे लाई-पताई या मजदूरी के लिए बुलाया जाए। पंचायत उठ गई फैसला सुनाकर। 'अब देखते हैं कैसे पढ़ाता है सुक्खा अपने बेटे को।' ठाकुर हरनाम सिंह और काणे पण्डित ने अपनी-अपनी मूँछों पर ताव दिया।

सब रास्ते बन्द हो गए लेकिन जीवन-भर घृणा, उपेक्षा और अपमान का शिकार होने वाले सुक्खा में स्वाभिमान जाग गया था अब। अपनी छोटी सी बोंडिया में ही मेहनत से कमाना शुरू किया, उसने और एक भैंस पाल ली। ठाकुर जमींदारों ने रास्ते बन्द कर दिए तो क्या अपनी जिन्दगी के रास्ते बन्द नहीं होने दिए उसने। लेकिन, पहले भैंस मरी और अब लगान न देने के कारण खेत से बेदखली। ऊपर से लाला को घर गिरवी रखा था सो अलग।

रमिया को भी अतीत याद था अच्छी तरह से, पर भावी जीवन के अंधकार के भय ने उसे निर्बल और असहाय बना दिया और सुक्खा से कह ही बैठी — 'चन्दन के बापू, तुमसे अलग नहीं चली मैं कभी। जैसा तुमने चाहा वैसा ही किया मैंने जिन्दगी भर। पर यह तो सोचो आगे क्या होगा ? कैसे गुजारा चलेगा और कैसे चन्दन की पढ़ाई...। ठाकुर-जमींदारों से लड़ाई लेने में कहाँ का हित है। तुम क्यूँ नहीं चले जाते ठाकुर साहब के पास।'

रमिया के मुँह से फिर ठाकुर साहब का नाम सुन क्रोध से झन्ना गया सुक्खा। आवेश से शिराएँ फड़कने लगीं उसकी, 'चुप रह रमिया! मत ले ऐसे जाहिलों का नाम मेरे सामने, जो मेरे बेटे का जीवन बर्बाद करने पर तुले हैं। मैं मर जाऊँगा, भूखा प्राण तज दूँगा, सब कुछ बर्दाश्त कर लूँगा मैं, पर चन्दन को इस नर्क में नहीं पड़ने दूँगा कभी, जिस नर्क में मुझे रहना पड़ा है। तू अपना काम देख रमिया...।' और लाठी उठाकर बस्ती की ओर निकल गया सुक्खा।

सात

चन्दन जब पढ़ने के लिए गाँव से शहर आया तो कालेज में और उसके बाहर भी बिल्कुल अकेला था वह। एक तो गाँव का सीधा-सादा संकोची युवक, दूसरे गरीब और तीसरे जाति से दलित। कालेज और शहर की चमक-दमक और आबो-हवा के सामने स्वयं को कुछ हीन सा अनुभव करता था वह। लेकिन धीरे-धीरे उसने अपनी इस हीनता की भावना को दूर किया, अपने संकोच पर विजय पाई और अपने अन्दर दृढ़विश्वास पैदा किया। बहुत से लोगों से अब उसकी घनिष्टता हो गई थी।

पहले वह अकेला स्वयं में ही खोया और उलझा-सा रहता था। जाति की भावना के कारण उसके कालेज के सहपाठी प्राय: उसकी उपेक्षा करते थे और उसे अपने साथ नहीं लगाते थे। पहले उसे यह सब बहुत त्रासद और अपमानजनक लगता था और इस सबसे उसे बहुत पीड़ा होती थी। लेकिन दूसरे लोग अपने साथ नहीं लगाते तो न सही चन्दन ने दलित युवकों का ही एक सर्किल बना लिया था अब और यदा-कदा उनकी बैठकें भी होने लगी थीं।

सर्किल के इन सदस्यों में चन्दन के अलावा रामहेत, रतन और नन्दलाल कालेज में पढ़ते थे, बाकी सब मिल-कारखानों में काम करते थे या कोई अन्य धन्धे। इसलिए सबके वैचारिक स्तर में काफी भिन्नता थी। लेकिन एक चीज सबके अन्दर समान रूप से व्याप्त थी और वह थी शोषण, उपेक्षा और अन्याय के विरुद्ध संघर्ष की प्रबल भावना। कौन क्या करना चाहता है इस विषय पर भी उन लोगों में प्राय: चर्चा होती रहती थी। नन्दलाल वकील बनना चाहता था और रतन की प्रशासनिक सेवा में रुचि थी जबकि रामहेत थोड़ा खाते-पीते घर का था। वह बिजनेस करने का इच्छुक था। लेकिन चन्दन का विचार सबसे भिन्न था; वह खुद को समाज के उत्थान में लगाना चाहता था। और अन्य साथियों को

भी उसने समझाया—'तुम लोग क्या समझते हो कि तुम्हारी वकालत और व्यापार चल जाएँगे ? यह तुम्हारी भूल है। जब तक समाज में ऊँच-नीच और छुआछूत का जहर व्याप्त है, जब तक समाज में तुम्हारी निम्न परिस्थति है, जब तक तुम्हारी सामाजिक रूप से कोई हैसियत नहीं बनती, तब तक तुम्हारे व्यवसाय चलने की कोई गुंजाइश नहीं है।'

रामहेत को चन्दन की बात उचित नहीं लगी, उसने प्रतिवाद किया, 'गुंजाइश क्यों नहीं है। आदमी में कुछ कर गुजरने का इरादा होना चाहिए वह सब कुछ कर सकता है। जरूरत है इच्छाशक्ति की। हममें इच्छाशक्ति नहीं है तो हम कुछ नहीं कर सकते, लेकिन यदि हममें इच्छाशक्ति है तो हम कुछ भी कर सकते हैं। आखिर दूसरे लोगों की तरह हमारे भी हाथ-पैर हैं, हममें दिमाग है। तब दूसरे लोग जो काम कर सकते हैं वह हम क्यों नहीं कर सकते ?'

चन्दन को लगा कि रामहेत अपनी जगह पर सही है लेकिन सोच के स्तर पर ही। यथार्थ में, यह सब गैर-दलितों पर लागू होता है दलितों पर नहीं। दलितों के लिए अवसर की समानता का कोई मतलब नहीं है क्योंकि जाति की बाधा दलित को अवसर का उपयोग नहीं करने देती। उसने रामहेत को समझाने की कोशिश की, 'तुम ठीक कहते हो रामहेत, तुम्हारे भी हाथ-पैर हैं, और तुममें भी दिमाग है। तुम किसी भी रूप में किसी से भी कम नहीं हो। तुममें इच्छाशक्ति भी है, लेकिन यही सब कुछ काफी नहीं है। माना कि तुममें अपना व्यवसाय करने का इरादा है और तुम योग्य भी हो, लेकिन इस जाति के लेबल से कैसे पार पाओगे जो तुम्हारे रास्ते का पत्थर बना हुआ है। इस पत्थर को कैसे हटाओगे तुम ? यह सम्भव है कि तुम कुछ समय तक अपनी जाति को छिपाकर लोगों को भ्रम में डालकर रहो और अपना काम निकालते रहो, लेकिन कब तक ? ये चीजें ज्यादा दिन तक छिपी नहीं रहतीं। कभी न कभी, किसी न किसी तरह सत्य का पटाक्षेप जरूर होगा। तब क्या होगा ? और यदि तुम सत्य और ईमानदारी पर रहे, तो तुम्हारा धन्धा जम नहीं सकता।'

'तो तुम्हारा मतलब है कि हमें व्यवसाय आदि नहीं करना चाहिए।' रामहेत ने प्रतिवाद किया।

चन्दन ने उसे समझाया, 'मैंने यह नहीं कहा, मैं तो कहता हूँ कि हमें प्रत्येक क्षेत्र में आना चाहिए। केवल सामाजिक रूप से ही हमारी परिस्थिति निम्न नहीं है बल्कि आर्थिक, राजनीतिक और शैक्षिक, प्रत्येक क्षेत्र में हम पिछड़े हुए हैं।

हमें प्रत्येक क्षेत्र में ऊपर आने की, जरूरत है लेकिन सबसे पहली जरूरत है—सामाजिक सम्मान की। यदि तुम्हारी सामाजिक हैसियत है तो तुम्हारे लिए हर कहीं गुंजाइश हो सकती है। यदि तुम्हारी कोई सामाजिक हैसियत नहीं है तो चाहे तुम कोई भी काम कर लो, कितना भी धन कमा लो उस सबका कोई महत्त्व नहीं है। पैसा भी जीवन का एक फैक्टर है, मैं इससे इन्कार नहीं करता लेकिन इससे पहले जरूरी है समाज में तुम्हारी हैसियत का होना।'

एक क्षण रुककर उसने रामहेत और नन्दलाल की ओर देखा और अपनी बात का प्रभाव जानने की कोशिश की। चन्दन को उन पर अपनी बातों का असर होता दिखाई दिया। उसने आगे कहना शुरू किया, 'हमें पढ़ाने के लिए हमारे माता-पिताओं को कितने विरोधों और संघर्षों का सामना करना पड़ा है। उनको कितने दुख और कष्ट उठाने पड़े हैं इससे अनभिज्ञ नहीं हैं हम। हमारी शिक्षा के मार्ग में कितने रोड़े अटकाए गए हैं। स्कूल-कालेजों में भी हमको घृणा और अपमान का जहर पीना पड़ा है। कितनी प्रतिकूल परिस्थितियों में हम पढ़-लिख सके हैं वह भी हम अच्छी तरह जानते हैं। इतने विशाल दलित समाज में से हम लोग या हमारे जैसे जो थोड़े-बहुत लोग पढ़-लिख गए हैं वे अपवाद हैं। वरना हम लोग कहाँ पढ़ पाते हैं। कौन पढ़ने देता है हमें। हमको पढ़ाने के लिए हमारे माता-पिताओं ने जो त्याग किए हैं उसकी सार्थकता इस बात में नहीं है कि हम लोग केवल अपनी उन्नति की ओर ही ध्यान दें। अधिक से अधिक पैसा कमाएँ तथा दूसरे लोगों की तरह वैभव एवं आह्लादपूर्ण जीवन बिताएँ।'

'तो क्या हमको अपना जीवन-स्तर सुधारने के लिए प्रयास नहीं करना चाहिए? जब चारों ओर दोनों हाथों से बटोरने-समेटने की होड़-सी लगी है तब हमें क्यों पीछे रहना चाहिए? आखिर हम भी मनुष्य हैं, हमारा भी मन है और यदि पढ़-लिखकर भी हम कुछ नहीं कर सके तो फिर हमारी पढ़ाई-लिखाई का क्या फायदा।' अब तक नन्दलाल सुन रहा था। इस बार उसने प्रश्न किया।

'खाने के लिए अच्छा भोजन, पहनने के लिए अच्छा कपड़ा और रहने के लिए अच्छा मकान कौन नहीं चाहता। मेरे कहने का तात्पर्य यह नहीं है कि हमें इस सबके लिए प्रयास नहीं करना चाहिए। मैं भी चाहता हूँ यह सब, लेकिन मैं सिर्फ यह कहना चाहता हूँ कि इसके साथ-साथ हमें इस बात को भी ध्यान में रखना चाहिए कि हमारी शिक्षा की सार्थकता और हमारे जीवन का श्रेय इस

बात में है कि हमें अपने साथ-साथ अपने समाज के उत्थान और विकास की ओर भी ध्यान देना चाहिए। सदियों से दासता और गुलामी की जंजीरों में जकड़ा रहा है हमारा समाज। खाली पेट, नंगे तन और टूटे-फूटे छान-झोंपड़ों में बसर करने की विवशता, यही रहा है सैकड़ों-हजारों वर्षों से हमारे समाज का यथार्थ। हम लोग पढ़-लिख गए हैं लेकिन हमारा समाज, हमारे नाते-रिश्तेदार सबके सब अभी भी उसी स्थिति में हैं, उन सबकी निगाहें हमारी ओर हैं। यदि उनके उत्थान की ओर हम ही ध्यान नहीं देंगे तो कौन देगा। और क्या तुम चाहोगे कि हमारे कुटुम्बी, नाते-रिश्तेदार सदा जिल्लत की जिन्दगी ही जीते रहें?' अपनी बात कहते-कहते नन्दलाल से ही प्रश्न किया चन्दन ने।

'नहीं, कदापि नहीं। मैं तो चाहूँगा कि हमारी तरह ही हमारे कुटुम्बी, खानदानी और नाते-रिश्तेदार भी पढ़ें-लिखें, वे भी सुखी और सम्पन्न हों।' नन्दलाल ने सहमति व्यक्त की।

'तब अपने बच्चों को पढ़ाने के लिए उन सबको भी वही सब कुछ सहना पड़ेगा जो हमारे माता-पिताओं को सहना पड़ा है। संघर्ष करने की भावना और शक्ति हर किसी में नहीं। इसलिए वे लोग संघर्षों से टूट न जाएँ, उनके आगे समर्पण न कर दें, इस स्थिति से बचने के लिए उनको हमारी मदद की जरूरत होगी। आर्थिक, प्रशासनिक और कानूनी, उनको हर तरह की मदद चाहिए। इसलिए हमारा कर्तव्य बनता है कि हम चाहे जिस क्षेत्र में जाएँ लेकिन अपने लोगों का ध्यान रखें और उनकी मदद करें।' अपने विचारों के उफान को ठण्डा करते हुए बड़ी ही धैर्यता के साथ चन्दन ने अपनी बात समाप्त की।

चन्दन की यह बात सबको उचित लगी। सबने उसके साथ सहमति व्यक्त की। रामहेत ने कहा, 'मैं बिजनेस करूँगा और अधिक से अधिक पैसा कमाऊँगा, लेकिन अपने परिवार की आजीविका को छोड़कर सारा पैसा अपने समाज के उत्थान के कामों में लगाऊँगा।'

नन्दलाल ने कहा, 'मैं वकालत ही करूँगा और कानूनी मामलों में अपने लोगों की मदद करूँगा तथा अपने लोगों की ओर से शोषण और अत्याचार के मुकदमे मुफ्त लड़ूँगा।'

रतन ने कहा, 'मैं प्रशासनिक सेवा में ही जाना चाहूँगा और यदि चला गया तो प्रशासनिक स्तर पर लोगों को जिस मदद की जरूरत होगी उसके लिए मैं सदैव तत्पर रहूँगा।'

और चन्दन ने कहा, 'मैं अपनी शिक्षा का उपयोग अपने दीन-हीन समाज के उत्थान के लिए करूँगा। मैं उन पीड़ित, शोषित और उपेक्षित लोगों को ऊपर उठाने के लिए काम करूँगा जो कीड़े-मकौड़े की तरह जीते हैं। शेष समाज जिनके साथ पशुवत व्यवहार करता है, उनको पास नहीं बिठाता और उनसे घृणा करता है। पीढ़ी-दर-पीढ़ी के कर्ज ने जिनकी कमर तोड़ दी है और कर्ज को चुकाने के लिए जो बन्धुआ बनकर जीने को विवश होते हैं। ठाकुर-जमींदारों की मार सहते हैं, हर तरह के अन्याय, शोषण और उत्पीड़न के शिकार होते हैं। उन लोगों को शिक्षित करूँगा मैं। इन सोए लोगों को जगाऊँगा और उनमें जागृति पैदा करूँगा ताकि अपने शोषण की जंजीरों को तोड़ फेंकने के लिए वे उठ खड़े हों। उन्हें खड़ा होना सिखाऊँगा मैं। स्कूल खोलूँगा और इन गरीबों के रेत-मिट्टी में खेलते फिर रहे बच्चों को पढ़ाऊँगा। दूसरा तो इनको पढ़ाएगा कौन और पढ़ाया भी तो वह मेरी तरह सबसे पीछे वाली बैच पर बैठाकर जहाँ से न तो ब्लैक-बोर्ड पर लिखा ही ठीक से पढ़ने में आता है और न ही अध्यापक का बोला कानों में पड़ता है। ऐसे में क्या पढ़ पाएँगे ये लोग और पढ़ेंगे नहीं तो कैसे जानेंगे देश और दुनिया को। कैसे करेंगे हक और उत्थान की माँग। कैसे मुक्त होंगे इस नर्क से, दासता की इन बेड़ियों से। नहीं-नहीं मैं पढ़ाऊँगा, मैं शिक्षित करूँगा उन्हें। मैं वाणी दूँगा, उनकी मूक जबान को। पढ़-लिखकर हमारे समाज के लोग ऊपर नहीं उठेंगे तो हमें ही कौन पूछेगा। हम थोड़े से लोग चीख-चीखकर मर जाएँगे, कौन सुनेगा हमारी चीख को। हमें समाज से टक्कर लेनी है, सत्ता से लड़ाई लड़नी है, जुल्म और शोषण के विरुद्ध संघर्ष करना है। एक-दो आदमी के बस का नहीं है यह काम। अकेला चना भाड़ नहीं फोड़ सकता। इस सबके लिए फौज चाहिए, वह फौज तैयार करूँगा मैं।'

अपने इस कथन को मूर्त भी किया उसने और दिन भर कंचा या गुल्ली-डण्डा खेलने में या कुत्ते के पिल्लों को लड़ाने में मस्त रहने वाले नंगे-अधनंगे बच्चों को इकट्ठा करके पढ़ाना शुरू कर दिया। दोपहर तक कालेज में जाकर अपनी पढ़ाई करना और उसके बाद बस्ती के बच्चों को पढ़ाना, यही दैनिक व्यवस्था हो गई थी उसकी।

शुरू में लोगों ने कोई रुचि नहीं दिखाई अपने बच्चों को पढ़ने के लिए भेजने के प्रति। उनका कहना था—'क्या मिल जाएगा पढ़ने-लिखने से भी। समाज में ही हमारी कोई जगह नहीं फिर सरकारी नौकरी में हमें कौन पूछेगा।

मेहनत-मजदूरी ही हमारी नियति है। अब भी हम यही करते हैं और पढ़-लिखकर भी यही करना है तो फिर पढ़ाई-लिखाई में समय और पैसा बर्बाद करने से क्या फायदा।'

लेकिन चन्दन ने उन्हें इकट्ठा कर-करके समझाया, 'यह सोचना ठीक नहीं है। यदि समाज हमें समानता का दर्जा नहीं देता, वह हमें हमारे मनुष्यत्व के साथ स्वीकार नहीं करता, यह समाज का दोष है। समाज, धर्म द्वारा प्रेरित और संचालित है, हमारी सामाजिक स्थिति धार्मिक आदेशों का ही परिणाम है। 'धर्म-ग्रंथ' ही हमारे शोषण और अत्याचार की जड़े हैं। इन जड़ों को उखाड़ फेंकने की जरूरत है। और उसके लिए जरूरी है कि लोग अधिक-से-अधिक पढ़ें ताकि इन धर्म-ग्रंथों में निहित अन्याय और असमानता के दर्शन को समझ सकें तथा अन्याय, शोषण और असमानता के विरुद्ध संघर्ष करने के लिए स्वयं को तैयार कर सकें। हमारे शोषण का आधार क्या है, हमारे उत्थान और विकास में कौन से तत्त्व बाधक हैं, यह जाने बिना सार्थक संघर्ष नहीं किया जा सकता। यह ज्ञान शिक्षा से ही हो सकता है, इसलिए शिक्षा का होना बहुत जरूरी है। जीवन की लड़ाइयों को लड़ने के लिए शिक्षा सबसे ज्यादा मारक और शक्तिशाली शस्त्र है। शिक्षा ही उत्थान और विकास का आधार है, इसलिए आप अपने बच्चों को अवश्य पढ़ाइए। इस नर्क की जिन्दगी से ऊपर उठना है, तो शिक्षित होना पड़ेगा, अन्यथा आपको मूर्ख बनाकर यूँ ही आपका शोषण किया जाता रहेगा।'

एक व्यक्ति ने प्रश्न किया, 'लेकिन पढ़ाई-लिखाई में तो पैसा खर्च होगा। वह पैसा हम कहाँ से जुटाएँगे?'

'हाँ खर्च तो होगा, लेकिन इतना नहीं कि आप लोग उस खर्च को पूरा न कर सको।' चन्दन ने कहा।

'लेकिन चन्दन बाबू!' बाबू कहकर ही पुकारते थे सन्तनगर के लोग चन्दन को। 'हमारे पास-पल्ले तो कुछ है नहीं। जो थोड़ा-बहुत कमाते हैं उससे पेट भरने का जुगाड़ ही मुश्किल से हो पाता है फिर पढ़ाई-लिखाई का खर्च... ?' यह दूसरे व्यक्ति का सवाल था।

'कुछ पाने के लिए कुछ खोना पड़ता है।' चन्दन ने इतना कहकर एक साँस ली। फिर प्रश्न पूछने वाले व्यक्ति की ओर देखता हुआ बोला, 'यदि तुम्हें इस नरक की जिन्दगी से ऊपर उठना है तो अपने बच्चों को ऊपर उठाना है तो कुछ न कुछ त्याग तो करना ही पड़ेगा।'

'हम त्याग करने को तैयार हैं, लेकिन हम किस तरह का त्याग कर सकते हैं, तुम ही हमें बताओ चन्दन बाबू।' अब की बार कई स्वर एक साथ मिले हुए थे।

'किसी भी कार्य को करने के लिए दृढ़ इच्छाशक्ति का होना जरूरी है। इच्छाशक्ति के अभाव में कोई कार्य सम्पन्न नहीं हो सकता। इसलिए सबसे पहले तो आप सब लोग अपने मन में यह दृढ़ निश्चय कर लें कि आपको अपने बच्चों को किसी भी कीमत पर पढ़ाना है। आप देखेंगे कि एक बार इस तरह का दृढ़ निश्चय कर लेने के बाद आपकी समस्याएँ अपने आप हल होती चली जाएँगी।'

'वह कैसे बाबू?' लोगों ने जिज्ञासा से अपने कान और आँखें चन्दन पर टिका दीं।

'यह मैं बताता हूँ।' कहते हुए चन्दन ने उपस्थित लोगों की ओर बारी-बारी से देखा और फिर आगे कहना शुरू किया, 'आप लोगों में से जो लोग शराब या अन्य नशीले पदार्थों का सेवन करते हैं वे उनका सेवन करना बन्द कर दें। जो लोग बीड़ी-सिगरेट या पान-तंबाकू आदि पीते-खाते हैं वे उसका त्याग कर दें। जो लोग फिल्म-तमाशे आदि देखने के शौकीन हैं वे उनको देखना बन्द कर दें और जो लोग चाट-पकौड़ी आदि खाते-पीते हैं वे उनको छोड़ दें। आप में से बहुत से लोग कभी-कभी मांस खाते होंगे। अन्य सब्जियों की तुलना में मांस बहुत महँगी सब्जी है, इसलिए मांस खाना छोड़ा जा सकता है। मैं समझता हूँ कि ऐसा करने से आप अपने बच्चों की पढ़ाई का खर्च अवश्य पूरा कर सकेंगे। बहुत से ऐसे लोग भी होंगे जो इन बताई गई चीजों में किसी के भी आदी नहीं होंगे और उनकी आमदनी भी कम होगी, वे लोग और ज्यादा मेहनत करके, ओवरटाइम आदि लगाकर अपनी आमदनी बढ़ा सकते हैं। आप लोगों को चाहे रूखी रोटी खानी पड़े, एक रोटी कम खाने को मिले या एक टाइम भूखा भी रहना पड़े, लेकिन यदि आप अपने इस निश्चय पर दृढ़ रहे कि आपको अपने बच्चों को पढ़ाना है तो कोई वजह नहीं कि आप लोग अपने बच्चों को पढ़ा-लिखाकर उनको इस नारकीय जीवन से मुक्ति न दिला पाएँ।' चन्दन की बात लोगों पर असर कर रही थी। सब लोग एकाग्र होकर उसके एक-एक शब्द को ध्यान से सुन रहे थे। चन्दन को भी यह देखकर बहुत अच्छा लगा कि लोगों को समझाने का उसका प्रयास व्यर्थ नहीं जा रहा था। उसने अपनी बात जारी रखी, 'आप

लोगों की जिन्दगी अपमान और अत्याचार सहते हुए बीती है। क्या आप लोग अपने बच्चों को भी ऐसी ही स्थिति में जीता हुआ देखना चाहेंगे?'

'नहीं बाबू! नहीं, हम हरगिज नहीं चाहेंगे कि हमारे बच्चों को भी हमारी तरह जुल्म और ज्यादती का जीवन जीना पड़े। हम चाहते हैं कि वे मनुष्य की तरह जीएँ। जो यातनाएँ हमको सहनी पड़ी हैं वे उनसे मुक्त हों तथा समता और स्वाभिमान का जीवन जीएँ।' लोगों ने एक स्वर में कहा।

चन्दन के लिए इससे ज्यादा खुशी की क्या बात हो सकती थी कि लोग उसकी बात मानकर अपने बच्चों को पढ़ाने के लिए तैयार हो गए थे। उसने सन्तोष और उत्साह के साथ लोगों का आह्वान किया, 'तो फिर आज से ही आप लोग निश्चय कीजिए और अपने बच्चों को पढ़ने के लिए भेजिए।'

लोगों ने सहमति में अपने सिर हिलाए। बैठक समाप्त कर लोग अपने घरों को चले गए और अगले दिन से ही उन्होंने अपने बच्चों को स्कूल में भेजना शुरू कर दिया। धीरे-धीरे बच्चों की संख्या बढ़ने लगी और कुछ ही दिनों में चन्दन के स्कूल में सैकड़ों बच्चे पढ़ने के लिए आने लगे।

आठ

एक दिन एक विचित्र घटना का सामना करना पड़ा चन्दन को। वह अपने स्कूल में बच्चों को पढ़ा रहा था कि मैली-कुचैली सी साड़ी में लिपटी एक युवती एक बच्चे को साथ लेकर आई और बोली, 'मेरा नाम कमला है। यहीं सन्त नगर में ही रहती हूँ। मेरे बच्चे का भी दाखिला कर लीजिए!

रोज की तरह चन्दन ने रजिस्टर निकाला और प्रवेश-फार्म में प्रवेश-सम्बन्धी विवरण लिखना शुरू किया।

'बच्चे का नाम?' चन्दन ने पूछा।

'खिलाड़ी, वैसे खिल्लर कहती हूँ मैं तो।' कमला ने बतलाया।

'उम्र?'

'यही क़ोई चार-पाँच साल का होगा।'

'पिता का नाम?'

'...।' इस बार कोई जवाब नहीं दिया कमला ने।

चन्दन ने सोचा कि कमला ने शायद सुना नहीं है। उसने पुनः पूछा, 'खिलाड़ी के पिता का क्या नाम है?'

लेकिन कमला अब भी चुप रही। उसने एक बार नजर उठाकर चन्दन की ओर देखा और फिर अपने बच्चे के सिर पर हाथ फिराती हुई अन्य बच्चों की ओर देखने लगी।

चन्दन को आश्चर्य हुआ कि यह युवती अपने बच्चे के पिता का नाम बतलाने से क्यों कतरा रही है। अब की बार उसने युवती की आँखों में झाँकते हुए पूछा, 'देखिए मैं आपसे पूछ रहा हूँ कि बच्चे के पिता का क्या नाम है?'

इस बार दबे से स्वर में उत्तर दिया उसने, 'कमला।'

चौंका चन्दन यह सुनकर। उसका चौंकना स्वाभाविक था। उसने गर्दन उठाकर युवती की ओर देखा और एक-एक शब्द को जैसे तोलते हुए बोला, 'माफ कीजिए, माँ का नहीं बल्कि पिता का नाम पूछा था मैंने।'

इस बार जबरदस्त प्रतिक्रिया हुई युवती पर। उसकी आँखें आँसुओं से भर गईं। उसने साड़ी का पल्लू मुँह में दबाया और बच्चे का हाथ पकड़कर तेजी से स्कूल से बाहर हो गई।

यह अप्रत्याशित था। आज से पहले इस प्रश्न के उत्तर में कभी किसी को इतना मौन और गंभीर नहीं देखा था चन्दन ने। यह बिल्कुल नई घटना थी उसके लिए। अपने पति का नाम न बतला पाने की विवशता क्यों? उसे समझते देर नहीं लगी कि हो न हो इसमें कोई भेद है। इस गंभीर मौन के पीछे जरूर कुछ छिपा हुआ है।

उस दिन रोज से जल्दी ही स्कूल की छुट्टी कर दी चन्दन ने और अपने कमरे पर चला आया। लेकिन कमला को लेकर उसके मन-मस्तिष्क में उथल-पुथल मची रही। आखिर वह इस तरह बच्चे को लेकर वापस क्यों लौट गई? कई तरह से यह प्रश्न उसके मन में उठा। लेकिन वह कोई उत्तर नहीं पा सका। हालाँकि यह कमला का निजी मामला था कि वह बच्चे के पिता का नाम बताए या नहीं बताए। और उसकी समस्या चाहे जो भी हो, लेकिन केवल इस कारण से उसका बच्चा शिक्षा से वंचित क्यों रहना चाहिए।

शिक्षा हर किसी के लिए जरूरी है। उसने महसूस किया कि सम्भव है कमला की कोई मजबूरी रही हो उसे इसको समझना चाहिए था। उसे अपने व्यवहार पर खेद हुआ। उसने तय किया कि वह कमला से मिलकर उससे अपने बच्चे को पढ़ने के लिए भेजने को कहेगा। और मन में ऐसा निश्चय कर वह कमला की तलाश में निकल पड़ा।

ज्यादा ढूँढ़ना नहीं पड़ा उसे। सन्त नगर के उत्तरी छोर पर रहती थी वह। पूछताछ करने पर उसे मालूम हुआ कि कहीं बाहर देहात से आकर रहने लगी थी वह। थोड़े ही दिन हुए थे उसे यहाँ आए। बर्तन-सफाई का काम करती थी वह कोठियों में।

चन्दन को अपने घर के दरवाजे पर खड़ा देख चौंकी कमला, 'अरे, बाबू साहब आप?'

'जी हाँ, मैं ही हूँ लेकिन स्कूल से ऐसे क्यों लौट आईं आप?' चन्दन ने प्रश्न अवश्य किया था लेकिन किसी उत्तर की चाह में नहीं बल्कि इस अर्थ में कि उसको इस तरह स्कूल से लौटकर नहीं आना चाहिए था।

'वो...वो तो वैसे ही...।' बात का रुख बदलना चाहा कमला ने। 'आइए, अन्दर आइए न, ऐसे कैसे खड़े रह गए आप।'

कमला के घर के अन्दर प्रविष्ट हो गया चन्दन। घर के नाम पर यह एक छोटी-सी कोठरी थी और इसकी छत यूकिलिप्टस की कड़ियों पर पत्थर की सिल्लियाँ डालकर बनाई गई थी। इस कोठरी की ऊँचाई बहुत कम थी और उसी के अनुसार इसका दरवाजा भी इतना नीचा था कि गर्दन झुकाए बिना अन्दर जाना या बाहर निकलना असम्भव था।

कमला ने चारपाई बिछा दी और चन्दन बैठ गया। उसने देखा कि हर चीज सीधे-सादे ढंग से लेकिन बड़े करीने से सजी थी कोठरी में। न कोई चीज फालतू लगती थी और न ही किसी चीज का अभाव सा दिखता था। छोटी-सी इस कोठरी में उसकी अपनी जरूरत की लगभग सभी चीजें मौजूद थीं। उसने गौर से कमला को देखा। यही कोई बाईस-तेईस साल की रही होगी उसकी उम्र और उसके चेहरे पर वह चमक बेशक न हो, जो उस उम्र की अन्य युवतियों में दिखाई देती है, लेकिन उसका शान्त और गम्भीर व्यक्तित्व अपनी ओर आकर्षित करता है।

इसी बीच खिलाड़ी कहीं बाहर से खेलता-कूदता आया और कमला से चिपट गया। उसका चेहरा और कपड़े धूल में सने थे और सिर के बाल बिना कंघी के इधर-उधर बिखरे हुए थे। चन्दन ने खिलाड़ी को देखा और फिर कमला को। इतनी कम उम्र में इतना बड़ा बच्चा। चन्दन को आश्चर्य भी हुआ और कुतूहल भी। लेकिन उसे स्वयं से ही अपने कुतूहल का उत्तर मिल गया, 'हाँ क्यों नहीं हो सकता, छोटी उम्र में ही शादी हो गई होगी। हमारे दरिद्र और अशिक्षित समाज की यह भी एक विडम्बना है कि बच्चों की छोटी उम्र में ही शादी करके डाल दिया जाता है बन्धन में, न कुछ खाने का अवसर मिलता है न खेलने का। जल्दी शादी होने का मतलब होता है जल्दी से बच्चे पैदा होना और जब तक लड़की तनिक सयानी अथवा कुछ सोचने-समझने लायक होती है तब तक वह माँ बन चुकी होती है। तब कमला इतने बड़े बच्चे की माँ क्यों नहीं हो सकती।' उसे लगा कि उसका यह कुतूहल उसका पागलपन है।

एक बार फिर कमला को ऊपर से नीचे तक देखा उसने। कमला के बोलचाल के ढंग, उसकी तहजीब, सलीका और सबसे बढ़कर उसकी सौम्यता और सौन्दर्य से प्रभावित हुए बिना नहीं रह सका चन्दन और मन-ही-मन सोचने

लगा वह, 'पूरे सन्त नगर में कमला की जोट की युवती ढूँढ़े नहीं मिलेगी। यूँ तो पूरी बाढ़ सी है यहाँ लड़कियों की, लेकिन ऐसी सुन्दर और सुशील युवती नहीं है कोई।'

चन्दन को एक गिलास पानी देकर चाय बनाने के लिए स्टोव जलाने लगी कमला, लेकिन चन्दन ने रोक दिया उसे, 'नहीं-नहीं, चाय नहीं पिऊँगा मैं, आप रहने दीजिए।'

'लस्सी बनाऊँ?' स्टोव छोड़कर उठती हुई बोली कमला।

'नहीं-नहीं, मैं कुछ नहीं लूँगा।' चन्दन ने बहुत सहज भाव से मना किया।

'चाय भी नहीं, लस्सी भी नहीं तो फिर क्या खातिर करूँ आपकी। आप मुझ गरीब की झोंपड़ी तक आए हैं और मैं आपका कुछ स्वागत-सत्कार न कर सकूँ, यह भी कोई बात है।' कुछ अपनापन और उलाहना सा जताते हुए बोली कमला।

'पानी नहीं पिया अभी, उससे क्या कुछ कमी रह गई सत्कार में।' चन्दन ने कहा।

'पानी की क्या है, उसमें कौन सा पैसा खर्च होता है। चाय-वाय कुछ...।' कमला ने आग्रह सा किया।

लेकिन उसके आग्रह को सम्मानपूर्वक टालते हुए चन्दन ने कहा, 'नहीं-नहीं, इस समय किसी भी चीज की जरूरत नहीं है। आप बैठिए, मैं आपसे कुछ बातें करने आया हूँ।'

कमला चटाई खींचकर बैठ गई और बोली, 'जी कहिए।'

'देखिए कमला जी, वैसे तो किसी के व्यक्तिगत जीवन में हस्तक्षेप करने का कोई हक नहीं है हमको। लेकिन मनुष्यता के नाते या सामाजिकता के नाते एक-दूसरे के दुख-दर्द में भागीदार भी बना जाता है।'

'जी...।' चन्दन का आशय कुछ समझी और कुछ नहीं समझी कमला। उसकी नजरें चन्दन के चेहरे पर टिकी रहीं।

'आज जब आप अपने बच्चे का दाखिला कराने मेरे स्कूल गईं और फिर बच्चे का दाखिला कराए बिना ही वापस लौट आईं तो कुछ अजीब सा लगा मुझे। मुझे लगा कि कोई बहुत भारी बोझ आप अपने मन में लिये हुए हैं। जरूर कोई क्रूर मजाक हुआ है आपके साथ।' कहकर उसने कमला की ओर देखा।

'जी?' कमला अभी भी चन्दन की ओर ही देखे जा रही थी।

'यह बच्चा तो आप ही का है न?' बात को इधर-उधर घुमाने की बजाय चन्दन ने सीधा प्रश्न किया।

'हाँ और नहीं तो किसका होगा? मेरा ही है।' कमला ने जवाब में कहा।

'तो फिर इसके पिता यानी आपके पति कौन हैं? कहाँ हैं वे और क्या करते हैं?' चन्दन ने प्रश्न का असली गोला दाग दिया।

सुबह इसी प्रश्न के आक्रमण से बचकर चली आई थी कमला, लेकिन अब फिर वही प्रश्न सामने था। सुबह तो स्कूल की बात थी और चली आई थी वहाँ से, लेकिन अब कहाँ जाए अपना घर छोड़कर। दुविधा में फँस गई कमला, क्या उत्तर दे इस प्रश्न का। अब तक वह लोगों को बताती रही थी कि यह विधवा है, शादी के एक वर्ष बाद ही उसके पति की मृत्यु हो गई थी। उसके पति का नाम जानने की न किसी को जरूरत थी और न किसी ने पूछा। लेकिन अब क्या करे वह।

'छोड़िए बाबू साहब, क्या करेंगे जानकर।' कमला ने टालना चाहा।

वह इस प्रश्न का उत्तर देने से बचना चाहती थी। चन्दन यह बात समझ चुका था। प्रश्न से बचकर भागने की बजाय उसका सामना करने के लिए प्रेरित करने की कोशिश की चन्दन ने, 'मुझे नहीं बताओगी न सही, लेकिन जिन्दगी में न जाने कितनी बार आपको इस प्रश्न का सामना करना पड़ेगा। हमारे समाज में पति के बिना औरत नैतिक रूप से माँ नहीं बन सकती बिना पति के उसकी और उसके बच्चों की कोई पहचान नहीं, कोई अस्तित्व नहीं। फिर आप कब तक छिपाओगी? कब तक इस प्रश्न से दूर भागती रहोगी।'

चेहरा उतर गया कमला का। उसकी आँखें छलछला आईं और गला रुँधने लगा। हिम्मत करके वह बोली, 'मैं एक दुखियारी हूँ बाबू साहब, मेरे पति नहीं हैं।'

'क्यों, क्या हुआ उन्हें कोई बीमारी थी?' चन्दन ने जिज्ञासा व्यक्त की।

'उफ्! आपको कैसे समझाऊँ बाबू साहब कि मेरी शादी नहीं हुई, मैं कुँआरी हूँ।' कमला ने कहा और सिर झुकाकर नजरें जमीन में गड़ा दीं।

इस बात से ज्यादा चौंकने की जरूरत नहीं थी चन्दन को क्योंकि वह जानता था कि बहुत-सी लड़कियाँ कुँआरी ही माँ बन जाती हैं। यहाँ तक कि कई महापुरुष और विद्वान भी कुँआरी माताओं के गर्भ से पैदा हुए हैं।'

तो क्या किसी के साथ प्यार-व्यार.... ? कौन था वह, शादी क्यों नहीं की उसने?' चन्दन ने अगला प्रश्न किया।

'नहीं-नहीं, ऐसी कोई बात नहीं है बाबू साहब!' नजरें गड़ाए हुए ही कमला ने कहा।

'ऐसी बात भी नहीं है तो आखिर बात क्या है? पहेलियाँ क्यों बुझा रही हैं आप? सीधे-सीधे क्यों नहीं बतलातीं आप कि बात क्या है?' चन्दन ने जोर देकर कहा।

तड़प उठी कमला। कलेजा मुँह को आने लगा और उसकी आँखों से आँसुओं की धारा बह निकली। जैसे-तैसे शब्द जुटाए उसने, 'कैसे बताऊँ बाबू साहब, मैं खुद नहीं जानती इसका बाप कौन है?'

'क्या?...आप खुद भी नहीं जानतीं?' जैसे किसी तेज दौड़ती एक्सप्रेस ट्रेन में अचानक ब्रेक लगा हो। बहुत तेज झटका लगा चन्दन को। इस बार चौंके बिना नहीं रह सका वह।

'हाँ बाबू साहब! एक होता तो नाम बता देती, लेकिन एक नहीं कई थे वे लोग।' और कहकर यह फफक कर रोने लगी।

'ओह! तो यह बात है।' अब चन्दन की समझ में आया कि सामूहिक बलात्कार की शिकार हुई है कमला। उसे लगा कि अनजाने में कमला की दुखती रग को छेड़ दिया है उसने। बहुत अफसोस हुआ उसे अपने आप पर। उसने देखा कि कमला बहुत दुखी हो चली थी। उसके दुख को हल्का करने का एक ही उपाय था कि कमला के अन्दर की सारी घुटन और पीड़ा को आँसुओं के रास्ते बाहर निकलने दिया जाए और सहानुभूति के शब्दों का मरहम उसके जख्मों पर लगाया जाए। इससे ही उसे सान्त्वना मिल सकती थी।

उसने कमला के प्रति सहानुभूति व्यक्त करते हुए कहा, 'मैं आपके दुख को समझ रहा हूँ कमला जी। आप अकेली नहीं हैं जो इस तरह की दुर्घटना की शिकार हुई हैं। आप जैसी न जाने कितनी युवतियाँ इस प्रकार की त्रासदी की शिकार होती हैं। आपके साथ जो कुछ भी हुआ है वह बहुत दुखद और दुर्भाग्यपूर्ण है, लेकिन क्या आप बतलाएँगी कि यह सब क्यों और कैसे हुआ?'

चन्दन के इन सहानुभूतिपूर्ण शब्दों से जहाँ एक ओर सांत्वना मिली कमला को वहीं दूसरी ओर उसकी हिम्मत भी बढ़ी। उसने स्वयं को संयत किया और चन्दन को अपनी आपबीती बतानी शुरू की, 'कई साल पहले की घटना है यह। मेरे माँ-बाप एक सेठ के भट्ठे पर काम करते थे। वहीं भट्ठे पर ही एक झुग्गी में रहते थे हम लोग। मेरा जन्म भी वहीं पर हुआ था। बचपन भी वहीं रेत-

मिट्टी में खेलते-कूदते बीता मेरा और वहीं पर उन भेड़ियों ने मेरी इज्जत लूटी और मुझे कहीं का नहीं छोड़ा।' हालाँकि उसने रोना बन्द कर दिया था लेकिन बीच-बीच में उसकी सिसकियाँ अभी भी जारी थीं। 'पीने का पानी दफ्तर के अहाते में लगे नल से ही लाना होता था सबको, उसके अलावा पानी की कोई व्यवस्था नहीं थी। लत्ते-कपड़े भी या तो ट्यूबवैल की कुंडी पर बैठकर धोते थे या नल की चौंतरी पर। एक दिन दुपहरी में मैं पीने के लिए पानी लेने नल पर गई थी। वहाँ दफ्तर में मालिक तथा अन्य कई लोग बैठे शराब पी रहे थे। मैंने उनकी ओर कोई ध्यान नहीं दिया। पानी से बाल्टी भरी और अपनी झुग्गी की ओर लौटने लगी। तभी मालिक ने पुकार लिया, 'कमला, जरा एक गिलास पानी हमें भी पिला जा।'

मेरे पास गिलास नहीं था सो कह दिया, 'मेरे पास गिलास नहीं है मालिक।'

'तो बाल्टी ही ले आ पर पानी तो पिला, गला सूख रहा है।' मालिक ने कहा।

मैं सीधे सुभाव बाल्टी लेकर दफ्तर में चली गई। दफ्तर के अहाते में और उसके आस-पास खड़े पेड़ों के नीचे हम बचपन से खेलते रहे थे। कई बार दफ्तर के अन्दर भी जाते रहते थे हम लोग, इसलिए कोई भय या संकोच नहीं था मेरे मन में। मालिक को या दफ्तर में आने वाले लोगों को पहले भी पानी पिलाते रहते थे हम। लेकिन उस दिन मेरा दफ्तर के अन्दर कदम रखना हुआ कि एक आदमी ने उठकर दरवाजा बन्द कर दिया और इससे पहले कि मैं कुछ समझ पाती वे भेड़िए मुझ पर टूट पड़े। मैंने खूब हाथ-पैर मारे, चीखी-चिल्लाई भी, लेकिन सब बेकार गया। प्रतिरोध करते-करते बेबस हो गई मैं। एक के बाद एक उन सबने मेरे शरीर को नोंचा और अपनी हवस पूरी की।' कहने के साथ ही साड़ी का पल्लू मुँह में दबाकर जोर-जोर से रोने लगी कमला।

कमला की दारुण कथा ने चन्दन के मस्तिष्क के तन्तुओं को हिलाकर रख दिया। वह गंभीर हो गया था। कुछ देर तक वह मौन, मूक सा केवल कमला की आँखों से झरते आँसुओं को देखता रहा, फिर उसने पूछा, 'आपके माँ-बाप को पता नहीं चला इसका?'

'चला, बाद में सब पता चल गया था बापू को।' रोते-रोते हुए कमला बोली।

'उन्होंने कुछ नहीं किया?' चन्दन ने प्रश्न किया।

'वह कर भी क्या सकते थे। उन्हीं का काम करना और उन्हीं का दिया खाना। तनिक मुँह खोला बापू ने तो ऐसा मारा कमीनों ने कि अधमरा कर दिया

उनको। सारी देह नीली पड़ गई और सिर फट गया। वह पिटते रहे और चीखते-चिल्लाते रहे और अन्त में बेहोश होकर गिर गए।' सुबकिया लेते हुए कमला ने बताया।

सुनकर आक्रोश से चन्दन की शिराएँ फड़कने लगीं। उस समय बलात्कारियों में से कोई भी उसके सामने होता तो वह उसका गला दबाए बिना नहीं छोड़ता।'

क्या किसी ने इस अत्याचार के खिलाफ आवाज नहीं उठाई?' उसने पूछा।

'नहीं, मालिक के आतंक के कारण कोई उसके खिलाफ मुँह नहीं खोल सका। सबको डर था कि कहीं उनका भी हाल बाबू जैसा न हो।' उसने बताया।

'पुलिस में रिपोर्ट लिखवाई थी?' चन्दन ने जानना चाहा।

'बापू गए थे थाने में रिपोर्ट लिखवाने, लेकिन थानेदार की जेब मालिक ने पहले ही भर दी थी। रिपोर्ट लिखने की बजाय बापू को मार कर भगा दिया थानेदार ने।' अपने पिता की याद आते ही कमला की आँखें फिर से नम हो आई थीं।

कमला की दुखभरी कहानी सुनते-सुनते चन्दन को उससे हमदर्दी हो गई थी। कमला के बारे में अधिक से अधिक जानने की जिज्ञासा उसके मन में बढ़ती जा रही थी। 'आप यहाँ कैसे आई? आपके माँ-बाप कहाँ हैं?'

'मैं और बापू हम दो ही थे बस। माँ तो छोटी सी को ही छोड़कर मर गई थी। बापू का कुछ पता नहीं मुझे। अपना सब कुछ लुट जाने के बाद किसी को मुँह दिखाने के लायक नहीं रह गई थी मैं। उसी रात घर छोड़ दिया था मैंने। इधर-उधर भटकती फिरी मैं और बाद में जैसे-जैसे यहाँ चली आई। जीने के लिए कुछ-न-कुछ तो करना ही था सो कोठियों में बर्तन माँजने शुरू कर दिए मैंने। पहले मैं उधर रहती थी कान्तीनगर में, वहीं पर खिलाड़ी पैदा हुआ। पहले मैंने सोचा कि वह गन्दगी है और इस गन्दगी को कहीं फेंक दूँ लेकिन ममता के मोह ने रोक लिया मुझे और ऐसा नहीं कर पाई मैं।' गोद में बैठे खिलाड़ी के सिर पर हाथ फिराते हुए कमला ने आगे बताया, 'अब यही मेरा सहारा है। बड़ा होकर यह मेरे साथ हुए जुल्म और अत्याचार का बदला ले यही मेरी कामना है।' फिर तनिक रुककर बोली, 'सोचती थी मेहनत-मजदूरी करके इसे पढ़ाऊँगी लेकिन इस अभागे की तकदीर में पढ़ना नहीं लिखा है शायद। कितनी बेबस हूँ मैं कि चाहकर भी अपने बच्चे को नहीं पढ़ा पाऊँगी।' कहते-कहते बहुत मायूस हो गई थी कमला और उसकी आँखों से आँसू बहने लगे थे।

कमला की व्यथा सुनकर चन्दन का मन भी द्रवित हुए बिना नहीं रह सका। सोचने लगा वह, 'कैसी विचित्र व्यवस्था है इस समाज की। एक ओर आतताई भेड़िए हैं और दूसरी ओर कमला जैसी निरीह और असहाय युवतियाँ। एक ओर सृष्टि का आधार माना जाता है औरत को, वह देवी है, माँ है, उसके पैर छुए जाते हैं। वह श्रद्धा और सम्मान की पात्र है। दूसरी ओर कमला जैसी युवतियाँ हैं जो समाज के लिए खिलौना हैं, जिनको पुरुषों का एक वर्ग अपनी वासना की तृप्ति का साधन मात्र समझता है, उनके साथ बलात्कार किया जाता है। एक ओर नारी बहन है, बेटी है, उसकी इज्जत जान से भी बढ़कर होती है और दूसरी ओर कमला जैसी युवतियाँ हैं जिनको सरेआम बेइज्जत किया जाता है, जिनके शरीर और यौवन समाज के इन भेड़ियों की यौन तृष्णा की आग को शांत करने का साधन मात्र हैं।'

कमला कह रही थी, 'मेरा दोष यही था कि मेरा रंग दूसरी लड़कियों से थोड़ा साफ था और मेरे नाक-नक्श दूसरी लड़कियों से थोड़े अच्छे थे।...काश मैं बदसूरत होती तो कम से कम मेरा जीवन तो बर्बाद नहीं होता।' और कहने के साथ ही वह फूट-फूटकर रोने लगी।

चन्दन सोचने लगा, 'क्या दोष है कमला का यदि वह दूसरी लड़कियों से सुन्दर है तो।...यदि वह सुन्दर है, उसके नाक-नक्श अच्छे हैं तो क्या इसलिए कि उन्हें नोंचा जाए, खसोटा जाए। यदि उसका यौवन एक खिलता फूल है तो क्या उसे डाल से तोड़कर मसला जाए, रौंदा जाए पैरों से।...नहीं, यह अत्याचार है। यह शोषण है, बर्बरता है, इसका नाश होगा एक दिन। जब कमला जैसी युवतियाँ अपने अत्याचारों का बदला लेने को खुद खड़ी होंगी तब इन अत्याचारियों का, इन दरिन्दों-भेड़ियों का नाश अवश्य होगा।'

क्षण भर को आवेश में आ गया चन्दन। चेहरा लाल हो गया उसका। मुट्ठियाँ भिंच गईं, गर्दन सख्त हो गई और दाँत किटकिटाने लगे उसके। लेकिन शीघ्र ही सँभाल लिया उसने स्वयं को। उसे ध्यान हो आया कि वह अपने कमरे में नहीं कमला के घर में है।

अब तक उसे लगता था कि असमानता, शोषण और अन्याय के खिलाफ संघर्ष करने वाला वह अकेला व्यक्ति है और कभी-कभी इस बात से बड़ी निराशा होती थी उसे, लेकिन कमला का हौसला देखकर उसे लगा कि वह अकेला नहीं है। जब कमला युवती होकर शोषण और अत्याचार के खिलाफ

लड़ सकती है, तब पुरुषों को इस संघर्ष में और ज्यादा आगे आना चाहिए। नारी-शक्ति की कोई पहचान नहीं थी उसको, अब वह नारी की शक्ति से भी परिचित हो गया था। उसे लगा कि कमला अकेली युवती नहीं है, ऐसी अनेक युवतियाँ होंगी जिनके मन में यह आग होगी। वह यह समझ चुका था कि जिन्दगी की इस अहम लड़ाई को लड़ने के लिए नारी शक्ति का उपयोग भी बहुत जरूरी है। उसने यह भी निश्चय किया कि अब अपनी लड़ाई में और नए मोर्चे खोलेगा वह तथा और ज्यादा ताकत से इस लड़ाई को लड़ेगा।

'आप हिम्मत से काम लें कमला जी! इन अत्याचारियों का नाश जरूर होगा एक दिन। मैं आपके साथ हूँ। कभी भी कोई परेशानी हो मुझसे कहिएगा। मेरा पूरा सहयोग मिलेगा आपको।' चन्दन ने कहा और उठ खड़ा हुआ।

'और हाँ', जाते-जाते वह रुककर बोला, 'कल से अपने बच्चे को स्कूल में जरूर भेजना, मैं पढ़ाऊँगा इसे।'

'लेकिन बाबू साहब...।' कमला ने कुछ कहना चाहा।

चन्दन समझ गया कि वह क्या कहना चाहती है। उसकी शंका का समाधान किया उसने, 'चिन्ता करने की कोई जरूरत नहीं है आपको। नाम तो पहचान का एक साधन है बस। यदि माँ से ही बच्चे की पहचान हो तो पिता की जगह माँ का नाम लिखा जा सकता है।' कहने के साथ ही वह मुड़ा और चला गया।

चन्दन के प्रति कृतज्ञता से भर गया कमला का मन। वह सोचने लगी, 'यह आदमी है या देवदूत। कितना सहृदय, कितना आत्मीय, कितना सहयोगी, आज की दुनिया में कहाँ दिखते हैं ऐसे आदमी। आदमियों की भीड़ में बिकुल अलग तरह का आदमी है यह।' और लौटते हुए चन्दन को तब तक टकटकी बाँधे देखती रही कमला जब तक कि गली पार करके दूसरी ओर मुड़ नहीं गया था।

नौ

शुरू में कुछ दिन जरूर उखड़ा-उखड़ा सा रहा था चन्दन, लेकिन थोड़े से दिनों में ही वह सन्तनगर के लोगों के साथ घुल-मिल गया। सबके साथ उठता-बैठता, सबके दुख-दर्द में हाथ बँटाता। पूरी तरह बदल गया चन्दन। पहले वह राग-रागिनियाँ गाते हुए लोगों को अपनी कोठरी में से ही खिड़की के पास खड़ा होकर देखा करता था। लेकिन अब गीत-संगीत की इस महफिल में वह खुद भी भाग लेने लगा था। खूब नाचता वह झूम-झूमकर। ढोलक और मंजीरा भी बजाने लगा था। और गाने में तो जवाब नहीं था उसका। चाहे आल्हा हो या ढोला, सवैया हो या चौपाई, ख्याल हो, भजन, चौबोला, भक्तिपद या कुछ और, लोकगीतों की हर विधा की लय और ताल खूब जानता था वह। उसके स्वर की साध ही कुछ ऐसी होती कि उसके गाए गीत और रागिनियाँ सबको खूब पसन्द आतीं। बल्कि यूँ कहिए कि चन्दन यदि न हो गीत-संगीत की इन महफिलों में तो महफिलें सूनी-सी रहती थीं।

चन्दन का स्कूल भी खूब चल निकला था अब। लोगों को शिक्षित करना, उनको संगठित करना और उनमें जागृति पैदा करना ही उद्‌देश्य था उसका। और अपने इस उद्‌देश्य को पूरी निष्ठा से कार्यरूप में परिणत करने लगा था वह। सन्तनगर के लोग उससे बहुत खुश रहने लगे थे। किसी को लगता नहीं था कि चन्दन कहीं बाहर से आया हुआ आदमी था और न चन्दन ही कभी ऐसा समझता था। वह भी बहुत खुश रहता था। सुबह-सवेरे कालेज, फिर अपना स्कूल और शाम को लोगों के साथ उठ-बैठ में उसके दिन बीतने लगे थे।

कमला से भी उसकी घनिष्ठता बढ़ चली थी। जब-तब कमला अपने बेटे के साथ स्कूल आती रहती थी और कभी-कभी चन्दन भी उसकी ओर निकल जाता था। देर तक बतलाते रहते थे दोनों। कमला उसको कोठी वाले लोगों के

बारे में तरह-तरह की जानकारी देती थी और वह कमला को जीवन और जगत में हो रही नई-नई घटनाओं से अवगत कराता था। चन्दन से बहुत प्रेरणा मिलती थी कमला को। चन्दन स्वयं भी उसको समाज से टक्कर लेने के लिए प्रेरित और प्रोत्साहित करता रहता था। एक-दूसरे के सुख-दुख में भी भागीदार बनने लगे थे अब वे दोनों। एक-दूसरे की घनिष्ठता दोनों को ही बहुत अच्छी लगने लगी थी। कभी कमला न दिखाई दे चन्दन को कुछ दिन तक तो उससे मिलने के लिए बेचैन सा हो उठता था वह और कमला चन्दन को तनिक भी उदास या सोच में डूबा देख लेती तो घंटों तक उसके पास बैठती, उसे ढाढ़स बँधाती, उसे खुश करने के सौ-सौ उपाय करती। चन्दन भी कमला को अपने सामने देख अपने सारे दुख-दर्द भूल सा जाता था।

ऐसे ही हँसी-खुशी बीत रही थी चन्दन की जिन्दगी। लेकिन हँसते-दौड़ते जीवन की गति में कभी-कभी अचानक कोई गतिरोध आ जाता है और ऐसा ही गतिरोध अचानक एक दिन चन्दन की जिन्दगी में आ गया था। यूँ कई दिन से उदास और अन्यमनस्क सा था चन्दन, लेकिन उस दिन कुछ ज्यादा ही उदास था वह। न कुछ खाया न पिया। गुमसुम अपनी कोठरी में पड़ा रहा। न कालेज जाने को मन हुआ उसका, न स्कूल खोलने को। हरिया ने सोचा, चन्दन की तबीयत ठीक नहीं है शायद। पास में ही एक डाक्टर की क्लीनिक थी, दौड़कर डाक्टर को बुला लाया वह। डाक्टर ने हाथ-पैर देखे, पेट टटोला, स्टैथिस्कोप लगाकर सारे शरीर की जाँच की, लेकिन बीमारी हाथ नहीं आई। डाक्टर को पूछना पड़ा, 'कहीं दर्द है?'

'नहीं।' चन्दन ने इन्कार में गर्दन हिला दी।

'पेट में कोई तकलीफ?' डाक्टर ने पेट में अँगुलियाँ गड़ाते हुए पूछा।' नहीं।' चन्दन ने फिर से इन्कार में गर्दन हिला दी।

कहीं पर कुछ नहीं, शायद जीभ से कुछ पता चले। यह सोचकर डॉक्टर ने चन्दन से जीभ दिखाने को कहा, 'अपनी जीभ दिखाइए।'

चन्दन ने जीभ दिखला दी, लेकिन उससे भी किसी बीमारी को ढूँढ़ नहीं पाया डाक्टर। 'किसी तरह की कोई परेशानी, कोई दर्द?' उसने खूब टोह-टोहकर पूछा।

कुछ बीमारी होती तो बतलाता भी चन्दन, लेकिन वह शारीरिक रूप से बीमार था ही नहीं तो क्या बतलाता। उसके मन में आया कि डाक्टर से साफ-

साफ कह दे कि उसे कोई तकलीफ नहीं है, वह बिल्कुल ठीक है। लेकिन चुप लगा गया यह सोचकर कि कितने प्यार से डाक्टर को बुलाकर लाया है हरिया। यदि उसने डाक्टर को लौटा दिया तो न केवल डाक्टर को बुरा लगेगा, बल्कि हरिया को भी अच्छा नहीं लगेगा। उसकी भावनाओं को ठेस जरूर लगेगी।

ऐसा प्रायः होता है कि दूसरों की इच्छाओं के समक्ष न केवल अपने मन का सत्य छिपाना पड़ जाता है, बल्कि दूसरों की भावनाओं का सम्मान करने के लिए कभी-कभी उसकी इच्छाओं के अनुरूप आचरण भी करना पड़ता है, या यूँ कहिए कि नाटक करना पड़ता है। इस समय चन्दन की स्थिति भी ऐसी ही थी। वह डाक्टर का विरोध करना चाहता था क्योंकि उसकी कोई जरूरत नहीं थी। डाक्टर की जरूरत तो तब होती, यदि उसे कोई मर्ज होता किसी तरह का। जबकि ऐसी कोई बात ही नहीं थी। बस उसका मन बोझिल था, मस्तिष्क में तनाव था और डाक्टर के पास उसकी इस परेशानी का कोई इलाज नहीं था। लेकिन जब हरिया डाक्टर को बुला लाया जबरदस्ती तो उसका मन तो रखना ही था चन्दन को। कहीं चन्दन तनिक में मना कर देता तो हरिया न जाने क्या-क्या सोच बैठता। वह चुपचाप पड़ा रहा। डाक्टर ने दो-चार गोलियाँ दीं और चला गया। हरिया ने चाय बनाकर दी, एक आदमी के हाथों फल मँगवाए और सारा काम-धाम छोड़कर चन्दन के पास बैठा रहा। कभी चन्दन से पानी को पूछता, कभी चाय को और कभी उसे फल काटकर खिलाता।

हरिया का इतना स्नेह देख आँखें छलछला आईं चन्दन की। 'कोई अपना भी इससे ज्यादा क्या ख्याल कर सकता है किसी का, जितना हरिया मेरा ख्याल करता है, इसी में खुश और मग्न रहता है। लेकिन आगे से क्या होगा हरिया का। मेरा कल को कालेज से नाम कट जाएगा और मैं यहाँ से चला जाऊँगा तब वह कैसे रहेगा, किसके सहारे जीएगा तब वह।'

और गहरे सोच में डूब गया चन्दन। सोचते-सोचते मन अधीर हो चला उसका। हरिया से स्वयं भी काफी लगाव हो गया था उसे। शाम को जब तक हरिया खिलौने बेचकर वापस नहीं लौट आता वह आँगन में चारपाई बिछाए दरवाजे की ओर देखता रहता। इतने दिन तक जिस हरिया के साथ इतने प्यार और स्नेह से रहा वह अब उसी को छोड़ना पड़ेगा। नहीं छोड़ेगा तो क्या करेगा, कोई और उपाय भी तो नहीं है।

हरिया के बाद कमला का विचार भी आया उसके मन में। कहाँ होती हैं शोषण और अत्याचार के खिलाफ आवाज उठाने का इतना मजबूत हौसला रखने वाली कमला जैसी युवतियाँ, जहाँ अत्याचार और बर्बरता को सहकर चुप लगा जाने या समाज का सामना करने की हिम्मत न जुटा पाने के कारण स्वयं का ही उत्सर्ग करने की प्रवृत्ति हो। चन्दन के प्रोत्साहन से कमला में नई शक्ति का संचार हुआ है। 'अब कमला को भी छोड़कर जाना पड़ेगा। कब तक और कितना संघर्ष कर पाएगी वह। कहीं टूट तो नहीं जाएगी कमला अकेली पड़कर?'

चन्दन की निराशा बढ़ चली थी और उसका हृदय विक्षिप्त-सा हो चला था। न बतलाने से भी कोई लाभ नहीं है तो फिर क्यों न बतला ही दिया जाए हरिया को अपने दुख का कारण। काफी देर तक इस पर विचार किया चन्दन ने और आखिर हरिया से कह दिया उसने, 'आपने मुझे बहुत प्यार दिया बाबा! पर शायद मैं और अधिक समय तक आपके पास नहीं रह सकूँगा।'

जैसे बिजली के नंगे तार पर अचानक हाथ पड़ गया हो हरिया का, उछल पड़ा वह, 'क्या?...क्या कह रहे हो तुम?'

'मैं सच कह रहा हूँ बाबा! मुझे जाना ही पड़ेगा आपको छोड़कर।' हरिया के मन में थोड़ा सन्देह था कि उसने शायद ठीक से नहीं सुना है अथवा उसके सुनने-समझने में कोई गलती हुई है। लेकिन चन्दन के इन शब्दों ने उसके सन्देह को तोड़ दिया।

चन्दन से जाने की बात सुनकर हरिया को अच्छा नहीं लगा। उसे लगा जैसे चन्दन वह तोता था जिसमें उसके प्राण अटके थे, लेकिन कोई तोता को पिंजरे में बन्द कर पराए वतन ले जा रहा था। हरिया के प्राण उस कैद में तड़फड़ा रहे थे। वह बोला, 'लेकिन क्यों बेटा! क्या हो गया ऐसा?...कहीं मुझ बूढ़े से तो गलती नहीं हो गई है कुछ?'

'नहीं ऐसी बात नहीं है बाबा! आप मुझे कितना प्यार करते हैं और इन दिनों में आपने मेरे लिए क्या किया है यह मैं ही जानता हूँ।' कहते-कहते चन्दन का गला भर आया।

'तो फिर क्या बात है? क्या परेशानी है तुम्हारी जो पढ़ाई अधूरी छोड़कर ही चले जाने की बात करते हो तुम?' हरिया चन्दन की परेशानी का कारण जानने को अधीर था।

कैसे अपनी परेशानी बयान करे वह। चन्दन साहस नहीं जुटा पा रहा था। वह बस इतना ही कह सका, 'हाँ बाबा, मजबूरी ही कुछ ऐसी है।'

'लेकिन बताओ तो सही बेटा! हो सकता है मैं कुछ कर पाऊँ। मुझसे अकेले न हो सकेगा तो हम सब लोग मिलकर करने का प्रयास करेंगे। यहाँ के सब लोग तुमको कितना मानते हैं, तुम्हें कितना प्यार करते हैं। यहाँ के लोगों को एक नई जिन्दगी दी है तुमने। सबके दुख-दर्द में सबका साथ देते हो तुम, फिर तुम्हारी परेशानी को कौन बाँटना नहीं चाहेगा।' हरिया ने उसकी हिम्मत बँधाने की कोशिश की।

'परीक्षा नजदीक है लेकिन फीस जमा नहीं हुई है अभी तक। कल आखिरी तारीख है फीस जमा कराने की। कल को फीस जमा नहीं हुई तो नाम कट जाएगा कालेज से।' चन्दन के शब्दों में निराशा साफ झलक रही थी।

'ओह, तो यह परेशानी है।' तनिक रुका हरिया और फिर बोला, 'बताओ कितनी फीस जमा होगी तुम्हारी?'

चन्दन ने मरी सी आवाज में कहा, 'दो सौ रुपए।' वह जैसे ना-उम्मीद हो चुका था।

'दो सौ रुपए, बस इतनी सी बात के लिए खाट पकड़े हुए हो। चलो उठो, और मुँह-हाथ धो लो, इंतजाम हो जाएगा।' हरिया ने आदेश सा देते हुए कहा।

हरिया के मुँह से यह सुनकर आश्चर्य में पड़ गया चन्दन, 'लेकिन कहाँ से, कैसे होगा सब?'

हरिया ने उसे भरोसा दिलाया, 'मैंने कहा न बेटा, इंतजाम हो जाएगा। क्या यकीन नहीं है मुझ पर?'

'ऐसी बात नहीं है बाबा! मुझे पूरा यकीन है आप पर लेकिन आपकी भी अपनी सीमाएँ हैं। कहाँ से करेंगे आप भी इतने पैसों का इन्तजाम।'

चन्दन को लगा कि केवल उसे प्रसन्न रखने और उसका मन रखने के लिए हरिया यह सब कह रहा है। उसका मन अन्दर से अभी भी उतना ही निराश था और हरिया की बातों पर उसका विश्वास जम नहीं पा रहा था।

लेकिन हरिया ने उसे आश्वस्त किया, 'चिन्ता करने की कोई बात नहीं है। कुछ पैसे मेरे पास हैं, बाकी पैसे किसी से उधार ले लूँगा, बाद में चुका दूँगा।'

'बाबा...।' आँखें भर आईं चन्दन की। उसके मन का बोझ जैसे उतर गया था। स्वयं को हल्का महसूस किया उसने और अनायास उसके मुँह से निकला, 'तो मैं परीक्षा दे सकूँगा?'

'हाँ बेटा! और देखो आगे से तुमको घर से पैसे मँगाने की कोई जरूरत नहीं है। जब तक मैं हूँ तुम्हें किसी तरह की चिन्ता करने की कोई जरूरत नहीं है। तुम दूसरों के लिए इतना कुछ करते हो, तुम्हारा भी ख्याल करने वाला होना चाहिए कोई। तुम अकेले समाज के लिए इतना कुछ कर रहे हो। मैं अनपढ़ और ऊर्जाहीन बूढ़ा तुम्हारे इस महान संघर्ष में तुम्हारे साथ नहीं चल सकता। लेकिन मेरा भी तो यह नैतिक कर्तव्य है कि मैं भी कुछ करूँ। ज्यादा कुछ मैं नहीं कर सकता, लेकिन आज से तुम्हारा सारा खर्च मैं उठाऊँगा।

अब तक चन्दन के मन में हरिया की इमेज एक अनपढ़ और खिलौने बेचने वाले मजदूर की थी, जिसे दुनिया-समाज की ज्यादा जानकारी नहीं है। इतनी सामाजिक चेतना की उसे हरिया में कोई संभावनाएँ नहीं दिखाई देती थी। इसलिए हरिया के मुँह से यह सब सुनकर आश्चर्यचकित सा रह गया चन्दन, 'बाकी सब तो ठीक है बाबा, लेकिन आप कैसे और कहाँ से करेंगे सब कुछ?'

'तुम जानते हो बेटा, दारू पीने की लत है मुझे। अपनी कमाई का बहुत बड़ा हिस्सा दारू पर खर्च कर देता हूँ मैं।'

चन्दन ने महसूस किया कि यह कहते हुए हरिया की आँखों में बुझापन नहीं चमक थी और शब्दों में एक प्रभाव था।

'हाँ, जानता हूँ।' उसने हरिया की ओर देखते हुए कहा।

'तो बस, आज से ही मैं दारू पीना छोड़ता हूँ।' हरिया की आवाज में दृढ़ता थी।

हरिया दारू पीना छोड़ेगा यही अपने आप से सुखद था लेकिन उसके लिए छोड़ेगा इस बात ने अभिभूत कर दिया चन्दन को, हर्ष से वह उछल पड़ा और 'बाबा...।' कहने के साथ ही हरिया से चिपट गया।

हरिया ने भी चन्दन को अपने वक्ष से चिपका लिया और बहुत देर तक दोनों एक-दूसरे से चिपटे रहे। दोनों की आँखें नम हो आई थीं।

दस

खेत से बेदखल हो गया सुक्खा। लाला ने मकान कब्जा लिया और ठाकुर-जमींदारों ने अपने खेतों में काम देने पर प्रतिबन्ध लगा दिया। जीने के सब साधन खत्म हो गए। अंततः मजबूर होकर गाँव छोड़ना पड़ा सुक्खा को। ठिकाने की तलाश में इधर-उधर की ठोकरें खाईं, जिस-तिस से मिन्नतें कीं, लेकिन कहीं आसरा न पाकर आखिर पास के कस्बे में चला गया वह। कस्बे के बाहर खाली पड़ी जमीन पर जैसे-तैसे गारा-मिट्टी की दीवार खड़ी कर झोंपड़ी डाल ली उसने, और वहाँ रहना शुरू कर दिया।

दिन निकलते ही मेहनत-मजदूरी के लिए निकल जाता सुक्खा और जहाँ जो काम मिल जाता सब कर लेता। रमिया भी इधर-उधर से लकड़ी आदि बीन लाती। किसी तरह अपना भी गुजारा करते और थोड़ा-बहुत बचाकर चन्दन को भिजवा देते और रात-दिन यही आशा करते कि जल्दी से पढ़ाई पूरी हो जाए, चन्दन की और वह किसी अच्छे ओहदे पर पहुँच जाए।

बीतते दिनों के साथ उम्र भी बढ़ चली थी दोनों की। रमिया पर कुछ ज्यादा ही असर होने लगा था बुढ़ापे का। शरीर की खाल सिकुड़ने लगी थी, कमर झुक आई थी और आँखों का त्यौर भी कम हो चला था। चूल्हे-चौके का काम भी ठीक से नहीं होता था अब उससे।

वर्षों से एक सपना सँजोए हुए थी रमिया अपने मन में कि घर में बहू आएगी। छम-छम करती फिरेगी सारे में। पोते-पोती होंगे, किलकारी मारते फिरेंगे आँगन में। घर खुशियों से भर जाएगा। जब कभी भी वह इस विषय में सोचती उसका मन उल्लास से भर जाता। वह अधीर हो उठती और चाहती कि वह दिन जल्द से जल्द आ जाए जब चन्दन का ब्याह हो और घर में बहू आए। एक दिन उसने कहा भी था सुक्खा से, 'अब तो काफी सयाना हो गया है चन्दन, क्यों नहीं ब्याह कर देते उसका।'

लेकिन सुक्खा ने यह कहकर उसे झिड़क दिया, 'सयाना हो गया है तो क्या हुआ बूढ़ा तो नहीं हो गया है, उमर तो नहीं निकल गई है उसकी।'

'उमर नहीं निकली तो क्या उमर हो तो गई है उसकी ब्याह लायक। देखते नहीं उसके साथ के लड़कों के कब के ब्याह हो गए। कई-कई बच्चों के बाप बन गए हैं सब, एक अपना चन्दन ही कुँआरा रहता है।' रमिया ने शिकायत सी दर्ज की।

लेकिन सुक्खा ने उसे समझाने की कोशिश की, 'देखता हूँ, मैं भी सब देखता हूँ रमिया! लेकिन...।'

'तुम बड़े कठोर हो जी! क्या तुम्हारे मन में कभी नहीं आता कि तुम्हारे भी पोती-पोते हों, उनके साथ खेलो-खिलाओ।' रमिया ने सवाल सुक्खा से किया था, लेकिन सच में यह हूक उसके अन्दर उठी थी।

'ऐसी बात नहीं है रमिया! मैं भी एक इंसान हूँ तुम्हारी तरह मेरा भी मन करता है कि घर में बहू आए, पोती-पोते हों और उनकी किलकारियों से घर चहक जाए।' सुक्खा ने उसके साथ सहमति जताई।

रमिया ने तुरन्त सवाल किया, 'तो फिर कर क्यों नहीं देते चन्दन का ब्याह।

सुक्खा ने उसे बताया कि चन्दन की शादी को लेकर कितने ही लोग उससे मिलते रहते हैं। 'करने को तो जिस दिन चाहूँ उस दिन कर दूँ। कितने ही लोग चक्कर काट रहे हैं चन्दन के रिश्ते के लिए। बड़े-बड़े चौधरी और नामी-गिरामी लोग अपनी बेटी ब्याहना चाहते हैं, चन्दन के साथ। कई लोग तो यहाँ तक कह चुके हैं कि माँग लो जो कुछ तुम माँगो, मुँहमाँगी विदाई देंगे लेकिन एक बार हाँ कह दो। लोग सारा खर्चा तक उठाने को तैयार हैं। कहते हैं तुम्हें एक पैसा भी खर्च करने की जरूरत नहीं, सारा खर्च हम करेंगे। तुम सिर्फ लड़के को लेकर आ जाओ बस्स...।'

रमिया इतना सुनते ही अधीर सी हो उठी। उसने बीच में ही टोका, 'तो फिर हाँ क्यों नहीं कर देते किसी को।'

सुक्खा ने उसे समझाया, 'तू समझती क्यों नहीं है रमिया! बहू तो आ ही जाएगी, यह तो बाद की बात है। पहली चीज है चन्दन की जिन्दगी, उसका भविष्य। पढ़-लिखकर वह किसी अच्छे ओहदे पर पहुँच जाए फिर सब कुछ होने में कितना समय लगाता है।'

सुक्खा गलत नहीं कह रहा था। रमिया को उसकी बात भली भी लग रही थी। लेकिन बहू का मुँह देखने को उतावली रमिया के मन के एक कोने में यह

विचार फिर भी जोर मारता रहा, 'बात तो तुम्हारी ठीक है लेकिन मैं चाहती थी कि बहू आ जाए तो मुझे भी कुछ आराम मिल जाए। घर-बाहर के काम करते-करते थक चुकी हूँ मैं भी। इन बूढ़े हाथों से अब काम नहीं होता चन्दन के बापू।'

'पगली!' रमिया के सूखे-चुपड़े गालों को प्यार से थपथपाया सुक्खा ने। 'ये ही तो हमारी तपस्या और इम्तहान के दिन हैं। आज की यह तपस्या ही कल को सुख-सन्तोष देगी। चन्दन कुछ बन जाए, सबसे पहले बहू ही आएगी घर में।'

पुलक से भर गई रमिया, 'लेकिन कब आएगा वह दिन चन्दन के बापू!...राम जाने मैं तब तक रहूँगी भी या नहीं।'

रमिया अधीर थी लेकिन सुक्खा ने उसे तसल्ली दिलाई, 'आएगा रमिया, वह दिन जल्दी ही आएगा। थोड़ी तसल्ली रख, ठण्डा करके खा।'

प्रायः चन्दन को लेकर इसी तरह की बहुत-सी मधुर कल्पनाओं में खोए रहते थे दोनों। घंटों चन्दन को लेकर तरह-तरह की बातें करते रहते। और जैसे आकाश में किसी तारे को टकटकी लगाकर देखते-देखते कोई बालक सो जाता है, वैसे ही सुक्खा और रमिया भी चन्दन को अपनी बातों का केन्द्र बनाकर बोलते-बतियाते सो जाते।

उधर ठाकुर साहब और काणे पण्डित ने सोचा था कि जीवन के सब रास्ते बन्द हो जाने पर सुक्खा गिड़गिड़ाएगा उनके आगे। सारी हेकड़ी निकल जाएगी उसकी और अपने बेटे को वापस बुला लेगा वह। लेकिन सुक्खा दूसरी धातु का बना निकला। उसने टूटना मंजूर किया लेकिन वह झुकना नहीं। कई बार रमिया ने भी समझाना चाहा उसको कि ठाकुर साहब की बात मान लेने में ही भलाई है, उनसे विरोध मोल लेना ठीक नहीं है। लेकिन सुक्खा पर उसका कोई असर नहीं हुआ। उसने कहा, 'जीवन-भर सब तरह के जुल्म और ज्यादतियाँ सही मैंने। पीढ़ियों से नारकीय जीवन जीना पड़ा हमको। इससे ज्यादा बुरा और क्या हो सकता है हमारे जीवन में। न ढंग से खाना, न पहनना।' और दृढ़ निश्चय के साथ कहा उसने, 'चाहे भूखे रहकर प्राण तजने पड़ें मुझे। चाहे किसी फुटपाथ पर सड़कर मरना पड़े और चाहे चील-कौए नोंच-नोंचकर खा जाएँ मेरी लाश को लेकिन अपने जीते-जी चन्दन को इस नरक में नहीं पड़ने दूँगा मैं।' और उसका यह निश्चय ही मातापुर गाँव से इस कस्बे तक ले आया उसे।

हर बुधवार को पैंठ बाजार लगता था वहाँ। मातापुर के लोग भी हर बुधवार को अपनी घर-गृहस्थी का सामान खरीदने आते थे। मातापुर के लोगों से

मुलाकात होती रहती थी सुक्खा और रमिया की। पैंठ बाजार में आने वाले इन लोगों से पता चला सुक्खा को कि उस बार बैसाखी बड़ी अच्छी खड़ी थी मातापुर के खेतों में। लहलहाते खेतों को देखकर बाछें खिल-खिल जा रही थीं लोगों की। पिछली सावनी बाढ़ की चपेट में आ गई थी, पर सावनी की कसर पूरी हो जाएगी बैसाखी से। लोगों के चेहरों की चमक देखकर सुक्खा के मन में भी एक टीस-सी उभरती और अपने गाँव और अपनी जमीन से बिछुड़ने की पीड़ा उसे सालती। जिस जमीन के टुकड़े पर उसके पूर्वज रहते आए कई पीढ़ियों से, जिस गाँव की धूल-मिट्टी में खेल-खाकर जीवन बीता उसका, उसके प्रति मोह भी क्यों न हो उसका। सुक्खा को जब पता चला कि उसके छप्पर में सेठ दुर्गादास की गाएँ बन्धने लगी हैं अब, तो सुनकर जैसे साँप लेट गया उसके कलेजे पर। मन ही मन बुदबुदाया वह, 'किसी को क्या हक है मेरी जमीन पर गाएँ बाँधने का। सेठ का कर्ज था तो क्या हुआ देर-सवेर पट जाता, मैं क्या मरा जाता था। खाली पड़ा रहता मेरा छप्पर पर उसमें गाएँ बाँधने की क्या तुक है।...मेरे सामने आता सेठ गाएँ बाँधने तो टाँगें न तोड़ देता उसकी...।'

क्रोध से काँपने लगा सुक्खा, साँस फूलने लगी उसकी और शरीर शिथिल पड़ गया। उसने निश्चय कर लिया कि वह अपनी जमीन को पाने के लिए संघर्ष करेगा। अपने प्राणों की बाजी लगा देगा वह लेकिन दुर्गादास की गायों से खुँदने नहीं देगा अपनी जमीन को।

ग्यारह

ठाकुर हरनाम सिंह की चौपाल ठसाठस भरी रहती थी लोगों से। आने-जाने वालों का हमेशा ताँता-सा लगा रहता था। न केवल मातापुर की सबसे बड़ी हस्ती थे ठाकुर साहब, बल्कि इलाके-भर में उनका दबदबा था। कई सौ एकड़ की जमींदारी थी उनकी। ट्रैक्टर, ट्यूबवैल, गाय-बैल, नौकर-चाकर हर चीज की रेल-पेल-सी थी उनके यहाँ। खेतों में कब क्या बोया जा रहा है, किस खेत में कौन-सी फसल खड़ी है, किस खेत में कब पानी देना है, कब खाद लगाना है, कब निराई-गुड़ाई करनी है, कब काटना-पीटना और कब जुताई-पलेवा होनी है, ठाकुर साहब को कुछ खास पता नहीं रहता था इस सबका। थोड़ा-बहुत हो तो ध्यान भी रखते ठाकुर साहब, लेकिन इतनी बड़ी मिल्कियत का हिसाब-किताब कैसे रखें, कब में ध्यान दें इस ओर। एक जान और सौ आफत। इलाके भर में कोई भी मसला हो ठाकुर साहब के बिना हल नहीं होता था। पुलिस-दरोगा, तहसीलदार-कलक्टर छोटे से लेकर बड़े तक कोई भी सरकारी अफसर इलाके के दौरे को निकले, भला ठाकुर साहब की हवेली में चाय-नाश्ता किए बिना लौट सकते थे वे लोग—कभी नहीं। ऐसा शायद ही कभी हुआ हो कि कोई सरकारी अफसर दौरे पर आया हो और ठाकुर साहब के आतिथ्य के बिना या दूसरे शब्दों में कहिए उनको सलाम किए बिना ही लौट गया हो। यह तो ठाकुर साहब का अपमान था। बड़े-बड़े हाकिम-हुक्कामों के यहाँ उठना-बैठना था उनका, बड़े-बड़े राजे-रजवाड़ों के साथ ताल्लुकात थे। अपनी एक हैसियत थी उनकी। फिर इतने रसूख और हैसियत रखने वाले ठाकुर साहब का अपमान करने की हिम्मत कौन कर सकता था भला।

कोई भी सरकारी अफसर हो या कारकुन, ठाकुर साहब की सहमति के बिना इलाके के किसी भी मामले में न तो हस्तक्षेप करते थे और न किसी को

ऐसा करने की सलाह देते थे। यूँ कहिए कि सरकारी कारकुन तो नाम भर के थे, अन्यथा इलाके में असली शासन तो ठाकुर साहब का ही था। उनके किए ही सब कुछ होता था। उनकी इच्छा के विरुद्ध पत्ता तक नहीं हिल सकता था।

दिन-भर गाँव के कच्चे रास्तों पर धूल उड़ाती मोटरगाड़ियाँ कभी ठाकुर साहब की हवेली में घुसतीं और कभी बाहर निकलती दिखाई देती थीं। हर समय मेला-सा लगा रहता था ठाकुर साहब की हवेली में।

किसी चीज की कमी नहीं थी, ठाकुर साहब के जीवन में, हर चीज की मौज थी। न कोई दुख न कोई चिन्ता। इलाके-भर में उनका रौब और दबदबा था। अंग्रेजी शासन के जमाने में एक छोटी-सी रियासत के राजा होते थे ठाकुर साहब के पूर्वज। बाद में राजा नहीं रहे लेकिन बड़े जमींदार अवश्य रहे। बेशक जमींदारी प्रथा को भी कानून द्वारा खत्म हुए वर्षों हो गए थे अब, लेकिन कानून बनने से होता क्या है, ठाकुर साहब की हैसियत अभी भी राजा से कम नहीं थी अपने इलाके में। किसकी हिम्मत थी कि कोई उनकी बात गिरा दे। मुँह से हुक्म बाद में निकलता था उस पर अमल पहले होता था। अथाह सम्पत्ति के मालिक वह थे ही। कुछ भी हासिल करना मुश्किल नहीं था उनके लिए। ठाकुर साहब के सामने आँख उठाकर बात करने की हिम्मत नहीं थी किसी ऐरे-गैरे की।

लेकिन इन सबके होते हुए भी एक बहुत बड़ी व्यथा-सी थी ठाकुर साहब के जीवन में और जब-तब यह व्यथा उन्हें घोंटती रहती थी, कचोटती रहती थी। बेटे जैसी चीज का तो मुँह तक नहीं देखा ठाकुर साहब ने। पत्नी को भी दुनिया से गए कई साल हो गए थे। ले-देकर रजनी थी उनके जीवन में, उनकी एकमात्र बेटी, एकमात्र सन्तान। ठाकुर साहब के बाद उनकी इतनी बड़ी जागीर की वारिस तथा उनके वंश का चिराग, रजनी ही थी सब कुछ। और रजनी ही ठाकुर साहब की चिन्ता थी आजकल। होती भी क्यों नहीं, जब जवान बेटी सामने हो तो किसे चिन्ता नहीं रहती, किसे नींद आती है ढंग से। भरा-पूरा यौवन, सुन्दर-सुशील तथा नारी सुलभ सभी गुणों से सम्पन्न थी रजनी। नाक-नक्श और शरीर का गठन ऐसा मिला था उसे कि कामदेव भी लज्जित हो जाएँ अपने आप पर। लम्बी-लम्बी पलकों से ढँकी उसकी काली-काली आँखों में हिरनी जैसी चपलता हो न हो, लेकिन गहराई बहुत थी उनमें, और वह भी इतनी कि कोई एक बार उतर जाए उसकी इन आँखों में तो डूबे बिना रह नहीं सकता था।

हर चीज की सुख-सुविधा थी रजनी को और हर तरह का आराम था। लेकिन उसके बावजूद जाने क्यों कुछ अन्यमनस्क-सी, कुछ खोयी-खोयी-सी रहती थी वह अपने आप में ही। उसकी ये गहरी-काली आँखें किस दुनिया को देखती थीं, उनमें क्या-क्या समाया हुआ था, रजनी ही जानती थी यह सब। वही बता सकती थी कि अलसाई-उनींदी-सी रहने वाली उसकी इन आँखों में क्या था? कोई स्वप्न, कोई आकांक्षा या कुछ और?

जनवरी के महीने में रात की कड़कड़ाती ठण्ड और कुहासे के बाद दिन का सूरज बहुत अच्छा लगता है। ऐसे में घर के खुले आँगन में या छत पर जाकर धूप सेंकने का आनन्द ही कुछ और होता है। रजनी भी धूप सेंकने के लिए हवेली की छत पर आई थी, लेकिन इस समय धूप से भी कोई आनन्द नहीं मिल रहा था उसे, या यूँ कहिए कि वह इस धूप का आनन्द नहीं ले पा रही थी। सच तो यह था कि उसका ध्यान ही नहीं था इस ओर। कुछ उद्विग्न-सी थी वह।

हवेली की छत पर पूर्व की ओर मुँह करके खड़े होने पर चमारों का मौहल्ला साफ दिखाई देता था। इस समय रजनी की नजरें चमारों के मौहल्ले की ओर टिकी हुई थीं और अतीत की अनेक घटनाएँ और विचार उसके मन-मस्तिष्क में आ-जा रहे थे।

कभी काफी चहल-पहल रहती थी चमारों के मौहल्ले में। लेकिन जब से सुक्खा और उसके साथ-साथ अन्य लोगों ने गाँव छोड़ा है तब से इस मौहल्ले की रौनक भी खत्म-सी हो गई थी। मैल-मिट्टी में सने नंगे-अधनंगे बच्चे दिन-भर धमा-चौकड़ी मचाए फिरते थे गलियों में, लेकिन अब पूरा मौहल्ला एक अजीब से सन्नाटे में डूबा रहता था।

ठाकुर साहब ने सुक्खा के साथ जो सलूक किया उसके प्रति थोड़ा क्षोभ और आक्रोश था रजनी के मन में। चन्दन की पढ़ाई को लेकर ठाकुर साहब और सुक्खा के बीच जब कहा-सुनी हुई थी तब कालेज के हास्टल में थी वह। इस सबके बारे में कोई जानकारी नहीं थी उसे। लेकिन जब वह गाँव लौटी और उसे ठाकुर साहब तथा उनकी शह पर अन्य लोगों द्वारा सुक्खा और दूसरे लोगों के साथ की गई ज्यादती का पता चला, तो यह सब बहुत अप्रिय लगा था उसे। ठाकुर साहब को समझाने का प्रयत्न किया था उसने, 'संविधान के अनुसार देश के प्रत्येक नागरिक को सम्मान और स्वाभिमानपूर्वक जीने का हक है। प्रत्येक व्यक्ति को अपनी स्वेच्छानुसार व्यवसाय चुनने और जीवन की दिशा निर्धारित

करने की स्वतंत्रता है। यदि चन्दन पढ़-लिखकर कुछ काबिल बनना चाहता है तो यह उसका संवैधानिक हक है, इस पर किसी को एतराज क्यों होना चाहिए। चन्दन कहीं बड़ा अफसर बन जाएगा, पढ़-लिखकर तो इसमें बुरा क्या है? इस बात पर तो समूचे गाँव को गर्व होना चाहिए। सुक्खा यदि अपना पेट काटकर अपने बेटे को पढ़ाना चाहता है तो उसको ऐसा करने से क्यों रोका जाए? मैं तो कहती हूँ कि इसके लिए तो सुक्खा की मदद की जानी चाहिए और दूसरे लोगों को भी सुक्खा से प्रेरणा लेकर अपने बच्चों को पढ़ा-लिखाकर काबिल बनाना चाहिए। जब तक दूसरे लोग भी सुक्खा की तरह अपने बच्चों को काबिल बनाने की ओर ध्यान नहीं देंगे, तब तक न देश का उत्थान होगा और न समाज का।'

'लेकिन बेटी! तुम यह समझने का प्रयास क्यों नहीं करतीं कि यह हमारे लिए कितना अहितकर है।' ठाकुर साहब ने उसका प्रतिवाद किया।

'यह तो सबके लिए हितकर ही हो सकता है। मुझे तो नहीं लगता कि चन्दन के पढ़-लिखकर काबिल बन जाने से आपका या किसी का कोई अहित होगा।' रजनी ने अपना मत दोहराया।

'यही तो मैं तुम्हें समझाना चाहता हूँ बेटी! अकेले चन्दन की पढ़ाई-लिखाई से हमें कोई एतराज नहीं है। वह पढ़-लिखकर कहीं नौकरी कर ले इसमें हमें कोई आपत्ति नहीं है। लेकिन चन्दन की देखादेखी यदि सब चमार-चूहड़े पढ़-लिख जाएँ और सब-के-सब बाहर जाकर नौकरी करने लगेंगे, तो कल को हमारे खेतों और घरों में कौन काम करेगा?' ठाकुर साहब ने असली बात कही।

शहर में रहकर परिवर्तनकामी चेतना की पक्षधर बनी रजनी को ठाकुर साहब का यह विचार बहुत आपत्तिजनक लगा। उसने कड़ा प्रतिवाद करते हुए चेताया, 'लेकिन अपने स्वार्थ की खातिर दूसरों को बलि बनाना तो उचित नहीं है। किसी को मूर्ख बनाकर, धोखे में रखकर अथवा जबरदस्ती से अधिक समय तक उसका शोषण नहीं किया जा सकता। व्यक्ति हो या वर्ग, सब स्वतंत्र और स्वावलम्बन का जीवन जीना चाहते हैं, अभाव और शोषण का जीवन कोई जीना नहीं चाहता। समय करवट ले रहा है, लोग अपने अधिकारों के प्रति जाग्रत हो रहे हैं। दलित-शोषित लोग अन्याय और शोषण की जंजीरों से मुक्त होने के लिए छटपटाने लगे हैं। शहरों में इस तरह की चेतना लोगों में बहुत तेजी से आ रही है और लोग शोषण का विरोध करने के लिए एकजुट हो रहे हैं। समाज के भीतर धीरे-धीरे एक आन्दोलन खड़ा होता जा रहा है। सुक्खा का विद्रोह इस बात का संकेत है कि

जब गाँव का गरीब मजदूर भी शोषण और अत्याचार के बन्धन से मुक्त होकर अपनी स्वेच्छानुसार विकास की ओर बढ़ना चाहता है। समय के इस बदलाव को देखते हुए आपके लिए यही उचित और आवश्यक है कि आप भी अपने आप को बदलें, और न केवल शोषण की प्रवृत्ति का त्याग करें, बल्कि स्वतंत्र और स्वावलम्बी बनने में उनकी मदद करें। अन्यथा अन्याय, अपमान और शोषण की इन जंजीरों को ये लोग एक दिन स्वयं तोड़ फेंकेंगे। उस समय ये लोग हिंसा पर भी उतर सकते हैं। इतने बड़े समुदाय के आक्रोश को दबा पाना मुश्किल होगा और उस स्थिति में आपको बहुत ज्यादा हानि भी उठानी पड़ सकती है।'

लेकिन ठाकुर साहब पर रजनी की बातों का कोई प्रभाव नहीं पड़ा। उन्होंने उल्टे रजनी को समझाने की कोशिश की, 'तुम अभी-अभी कालेज से पढ़कर लौटी हो बेटी, इसलिए किताबी बातें कर रही हो। इस किताबी ज्ञान का व्यावहारिकता से कोई सम्बन्ध नहीं है। जो कुछ लिखा जा रहा है और पढ़ाया जा रहा है, वह सब अंग्रेजियत से प्रभावित है। वही लोग करते हैं इस तरह की उल्टी-पुल्टी बातें। इस किताबी ज्ञान से अलग हटकर देखो और समझने की कोशिश करो कि जो कुछ किताबों में लिखा है केवल वही सत्य और उचित नहीं है। बल्कि सत्य वह है जो घटित होता है और उचित वह है जो हितकर हो। तुम जिन लोगों की वकालत कर रही हो, ये सिद्धान्त उनके लिए हितकर हो सकते हैं और इसीलिए उन लोगों के स्वर में स्वर मिलाकर तुम भी उन्हें सत्य और उचित कह रही हो। लेकिन ये सिद्धांत हमारे हितों के विरुद्ध हैं, इसलिए ये हमारे लिए उचित नहीं हैं। अपने अस्तित्व को बनाए रखने के लिए अपना हित देखने की जरूरत है, जीवन का व्यावहारिक सच यही है। इसलिए अपना वर्चस्व कायम रखने के लिए दूसरों को दबाए रखना जरूरी है। तनिक समझने की कोशिश करो कि यदि ये सब लोग पढ़-लिखकर ऊँचे ओहदों तक पहुँचने लगेंगे तो हमारी श्रेष्ठता कहाँ रह जाएगी? यदि ये सब लोग स्वावलम्बन और स्वाभिमान का जीवन जीने लगेंगे तो फिर हमारा वर्चस्व किस पर रहेगा?'

रजनी ठाकुर साहब के विचार से सहमत नहीं हुई। उसने अपना प्रतिवाद जारी रखा, 'लेकिन पिताजी, वे भी तो मनुष्य हैं। एक मनुष्य दूसरे का शोषण करे यह कहाँ का औचित्य है?'

ठाकुर साहब भी रजनी के तर्कों से प्रभावित नहीं हुए। वह अपने विचार पर कायम रहे। उन्होंने कहा, 'प्रश्न औचित्य-अनौचित्य का नहीं है। बल्कि प्रश्न

अपनी अस्मिता का है। इतिहास और परंपरा से समाज में हमारा वर्चस्व रहा है। हमारा वर्चस्व कायम रहे हमारी अस्मिता इसी में है। अस्मिता के बिना मनुष्य जिन्दा नहीं रह सकता।'

रजनी को ठाकुर साहब की बात तनिक भी नहीं जम रही थी। उसे लगा वह जिस व्यक्ति से प्रतिवाद कर रही है वह उसका पिता नहीं एक शोषक सामन्त है। वह जानती थी कि ठाकुर साहब को समझा पाना सरल नहीं था लेकिन उसने अपना प्रयास जारी रखा, 'अपनी अस्मिता की रक्षा के लिए आप इतने चिन्तित हैं। लेकिन जिनका आप दमन कर रहे हैं उनके बारे में सोचा है कभी। उनकी भी तो कुछ अस्मिता होगी। आप उस ओर देखने की कोशिश क्यों नहीं करते। क्या वे मनुष्य नहीं हैं?...जो आप अपने लिए चाहते हैं वह सब दूसरों को क्यों नहीं मिलना चाहिए?'

इस तरह की बातें कई बार हुई थीं ठाकुर साहब और रजनी के बीच। भिन्न-भिन्न तर्क देकर ठाकुर साहब को समझाने का प्रयास किया था रजनी ने लेकिन ठाकुर साहब की अपनी सोच थी। उनकी अपनी प्रतिबद्धता थी, अपना आग्रह था। रजनी की बातों से कई बार सहमत होते हुए भी अपने आग्रह से आगे नहीं बढ़ सके वह।

रजनी ठाकुर साहब के रवैये के प्रति तो किंचित सी थी ही लेकिन इससे भी बढ़कर वह चन्दन के कैरियर के बारे में सोचती थी, 'कहीं उसका कैरियर चौपट न हो जाए।' प्राय: यह आशंका उसके मन में उभरती।

बचपन से एक ही कक्षा में साथ-साथ पढ़े थे रजनी और चन्दन दोनों। यह एक अलग बात है कि स्कूल के अध्यापक रजनी की ओर विशेष ध्यान देते थे, जबकि चन्दन के साथ कक्षा के अन्य छात्रों जैसा व्यवहार भी नहीं किया जाता था। अध्यापक लोग न तो कक्षा में उसकी ओर ध्यान देते थे और न कक्षा के बाहर की गतिविधियों पर ही। यूँ कहिए कि एक तरह से उपेक्षा का व्यवहार होता था उसके साथ, लेकिन इस सबके उपरान्त कक्षा का सबसे होशियार और मेधावी छात्र होता था वह और हमेशा अव्वल आता था।

गाँव में मिडिल की पढ़ाई पूरी करने के बाद पास के कस्बे में पढ़ने जाने के लिए गाँव से स्कूल तक तीन किलोमीटर की दूरी पैदल ही तय करता था चन्दन। उसके साथ पढ़नेवाले दूसरे बच्चे साइकिलों से जाते थे, जबकि रजनी जीप में आती-जाती थी। ठण्ड के दिनों में उसके पास कोई गर्म कपड़ा नहीं होता

था। बरसात के दिनों में छाता नहीं होने के कारण किताबों को अपने कपड़ों में जैसे-तैसे ढाँपकर लाता था। इस तरह से कई बार उसे ठण्ड भी लग जाती थी। लेकिन पढ़ाई के प्रति उसकी लगन बहुत ज्यादा थी और इसी का परिणाम था कि साधनहीन होने के उपरान्त भी वह सदैव प्रथम श्रेणी से पास होता रहा और इस समय कालेज में पढ़ रहा था।

रजनी के मन में चन्दन के प्रति बचपन से ही आत्मीयता का भाव था। इसका एक कारण यह भी था कि रजनी पढ़ने-लिखने में ज्यादा अच्छी नहीं थी और अपनी कापियाँ पूरी करने में या अपना होमवर्क पूरा करने में जब-तब चन्दन की मदद लेती रहती थी। चन्दन भी सहयोगी स्वभाव का था और वह भी रजनी का होमवर्क आदि कराने में उसकी पूरी मदद करता था।

चन्दन की गरीबी पर रजनी को तरस आता था और कई बार वह चन्दन की मदद करना चाहती थी। कभी-कभी वह चन्दन को अपनी जीप में लिफ्ट दे देती थी। यहाँ तक तो ठीक था, लेकिन जब कभी रजनी चन्दन की आर्थिक मदद करना चाहती तो वह विनम्रता से इन्कार कर देता था। कभी-कभी रजनी को चन्दन का यह व्यवहार अप्रिय लगता था। एक तो बिना माँगे स्वेच्छा से कोई किसी की मदद करना चाहे और ऊपर से वह मदद लेने से इन्कार कर दे तो मदद का प्रस्ताव करने वाले को यह सब नागवार ही नहीं गुजरता कभी-कभी वह स्वयं को अपमानित भी महसूस करने लगता है। ऐसा ही कभी-कभी रजनी को भी महसूस होता था। लेकिन फुर्सत के समय में जब वह इसकी समीक्षा करने बैठती तो स्वयं को ही दोषी पाती। 'कहीं मेरी मदद के प्रस्ताव से चन्दन के स्वाभिमान को ठेस तो नहीं लगी है। उसे कहीं यह तो अहसास नहीं हुआ है कि मदद के प्रस्ताव के बहाने मैं उसकी गरीबी का उपहास कर रही हूँ।' रजनी यह सब सोचती और अपराध-बोध से दब-सी जाती।

एक दिन चन्दन के फटे कुर्ते पर एक सहपाठी ने व्यंग्य किया था तो रजनी ने चन्दन को यह कहकर नया कुर्ता लाने के लिए पैसे देने चाहे थे, 'चन्दन, तुम्हारा फटा कुर्ता देखकर सब लोग तुम्हारा उपहास करते हैं। लो, तुम ये पैसे लो और कल से तुम भी नया कुर्ता पहनकर आना।'

लेकिन स्वाभिमानी चन्दन ने यह कहकर रजनी से सहायता लेने से इन्कार कर दिया था, 'इसके लिए शुक्रिया। न तो मैं पहली बार फटा कुर्ता पहन रहा हूँ और न ही पहली बार मेरा उपहास हो रहा है। इस उपहास से शर्मिन्दा नहीं हूँ मैं।'

रंजनी ने दूसरे ढंग से उसे सहायता लेने के लिए कन्विंस करने की कोशिश की, 'यह ठीक है कि तुम शर्मिन्दा नहीं हो लेकिन उनका यह उपहास हमारे गाँव मातापुर का अपमान है। स्कूल के सब विद्यार्थी अच्छे कपड़े पहनकर आते हैं केवल तुम, केवल मातापुर गाँव का एक लड़का फटे-पुराने कपड़ों में आता है। इसलिए तुम्हारा उपहास हम सब मातापुरवासियों का अपमान है। और क्या पता तुम्हारे अपमान के बहाने से लोग हम सब मातापुरवासियों का अपमान करना चाहते हों।'

लेकिन चन्दन रजनी के इस तर्क से भी कन्विंस नहीं हुआ। उसने रजनी से कहा, 'यह हो भी तो इससे क्या फर्क पड़ता है। हम यहाँ पढ़ने-लिखने के लिए आते हैं। यह स्कूल है—समाज या राजनीति का अखाड़ा नहीं। यदि कोई मेरा उपहास करने में अपने समय और ऊर्जा को बरबाद करता है तो करे, यह उसका काम है। मैं उसके उपहास या व्यंग्य का जवाब देने में अपना समय और ऊर्जा क्यों नष्ट करूँ। उसको इस बात का शायद ठीक से अहसास नहीं है कि मेरे माता-पिता कितना कष्ट उठाकर मुझे पढ़ा रहे हैं। उनको मुझसे कुछ आशाएँ हैं, उनकी आशाओं पर पानी फेरना नहीं चाहता मैं। मेरा काम पढ़ना है और मैं पूरी ईमानदारी और मेहनत से पढ़ता हूँ। मेरे फटे कुर्ते का मेरी पढ़ाई से कुछ सम्बन्ध है, मैं नहीं समझता। परीक्षा होने दो, रिजल्ट बता देगा कि उपहास का पात्र कौन है? तुम देखना रजनी! मातापुर का फटे कुर्ते वाला यह गरीब लड़का सबसे अच्छे नंबरों से पास होगा। मेरे उपहास को यदि तुम मातापुर के साथ जोड़ती हो तो तुम भी मेहनत से पढ़ो और उनसे ज्यादा नंबर लाओ। हम पढ़ाई में पछाड़ेंगे उन्हें। उनके उपहास का यही उचित जवाब होगा, न कि फटा कुर्ता उतारकर नया कुर्ता पहनना।'

चन्दन की इन दृढ़विश्वास भरी बातों से बहुत प्रभावित हुई थी रजनी। चन्दन की अपने कर्तव्य के प्रति निष्ठा और ईमानदारी ने मन जीत लिया था उसका। इस घटना के बाद चन्दन के साथ पहले से कहीं ज्यादा आत्मीयता रखने लगी थी वह चन्दन के प्रति और हमेशा उसका शुभ चाहने लगी थी। यही कारण था कि जब उसे अपने पिता और उनके साथियों द्वारा गरीब सुक्खा के साथ की जा रही ज्यादती तथा उसके कारण का पता चला तो हर तरह से ठाकुर साहब को समझाने का प्रयास किया उसने। लेकिन जब ठाकुर साहब ने रजनी की बातों को गंभीरता से नहीं लिया और रजनी को लगा कि ठाकुर साहब की मानसिकता को

बदलना सम्भव नहीं है तो उसकी बातचीत का स्वर थोड़ा तीखा और विद्रोही होने लगा। वह जानती थी कि यदि ठाकुर साहब के रुख में नरमी नहीं आई तो चन्दन का उज्ज्वल भविष्य चौपट हो सकता है। बेशक चन्दन एक दलित था और रजनी उच्च जातीय सवर्ण लेकिन चन्दन के प्रति आत्मीयता से ओत-प्रोत रजनी का मन चन्दन के भविष्य को चौपट होते देखने को तैयार नहीं था। इसीलिए जब ठाकुर साहब की ज्यादती और समय की मार से त्रस्त सुक्खा चन्दन को खर्चा भेजने की स्थिति में नहीं रहा तो उसने चन्दन की सहायता करने का उपाय खोजा और सुक्खा के नाम से स्वयं चन्दन को खर्च भेजना शुरू किया। वैसे भी सुक्खा ठहरा निपट अँगूठा टेक। जब भी चन्दन की चिट्‌ठी आती थी, उसे पढ़वाने के लिए वह सीधा रजनी के पास ही लाता था। और यदि रजनी नहीं मिलती तो चिट्‌ठी को अपने पास ही रखे रहता था, लेकिन किसी और के पास नहीं जाता था पढ़वाने। इसके कई कारण थे। पहला तो यह कि चन्दन के कारण रजनी सुक्खा के परिवार से विशेष आत्मीयता रखती थी। जब-तब उनके सुख-दुख की पूछती रहती थी और चन्दन को पढ़ाते रहने के लिए उनका हौसला बढ़ाती रहती थी। दूसरे, रजनी मानवीय स्वतंत्रता और समता की पक्षधर थी और दीन-दलितों के प्रति उसके मन में दया और करुणा थी। और तीसरे यह कि सुक्खा को सबसे ज्यादा रजनी पर ही विश्वास था कि वही सही-सही मजबून बताएगी। चिट्‌ठी पढ़वाने तक ही नहीं सुक्खा की ओर से चन्दन को चिट्‌ठी भी रजनी द्वारा ही लिखी जाती थी। रजनी के इस अपनत्व को चन्दन भी सिर-आँखों पर लेता था। इसलिए जब भी वह घर आता रजनी से मिलकर उसको धन्यवाद जरूर देता था। इस तरह पत्रों के आदान-प्रदान और परस्पर मेल-जोल से काफी अपनापन-सा हो गया था दोनों में एक-दूसरे के प्रति। दोनों ही एक-दूसरे का शुभ चाहते थे।

बहुत देर तक वह चमारों के मोहल्ले की ओर टकटकी लगाए देखती और अपने अन्तर की विचार-तरंगों में उठती-गिरती रही। न जाने और कितनी देर तक इसी तरह विचारों में खोई रहती वह कि थोड़ी तेज हवा के साथ आकाश मेघ-मालाओं से आच्छादित हो गया। ठण्ड का अहसास हुआ रजनी को और वह नीचे चली आई।

बारह

अभाव और कष्टों को पार, करते हुए चन्दन ने एम.ए. की परीक्षा पास की और पी-एच.डी. के लिए रजिस्ट्रेशन कराया। इस दौरान कई बार ऐसा समय भी आया जब उसे लगा कि उसकी पढ़ाई जारी नहीं रह पाएगी और उसे बीच में ही पढ़ाई छोड़नी पड़ेगी। लेकिन जब-जब भी ऐसा अवसर आया, हरिया ने उसको ढाढ़स दिया और उसका हौसला बढ़ाया और हर तरह से उसकी मदद की। अपने प्रति हरिया की इतनी आत्मीयता को देखकर कभी-कभी यह सोचने को विवश होता चन्दन कि हरिया क्यों उसके लिए इतना मरता है, उसे कौन सा लाभ या सुख मिलेगा इसके बदले। लेकिन दूसरी ओर हरिया था जो दिन-प्रतिदिन और ज्यादा ध्यान देता जा रहा था चन्दन की ओर। हर समय किसी न किसी कार्य में लगा रहता था वह और इससे उसका मन लगा रहता था, लेकिन तनिक भी खाली समय मिलते ही वह किसी गहरे सोच में डूब जाता। यह सब देखकर चन्दन सोचता कि हरिया से पूछे वह कि जीवन का कौन सा यथार्थ है जिससे भागकर स्वयं को हर समय किसी न किसी कार्य में व्यस्त रखता है वह। और आखिर एक दिन पूछ ही बैठा हरिया से वह, 'बाबा, हर समय किसी न किसी कार्य में व्यस्त रहते हैं आप। जब भी तनिक खाली होते हैं तो देखता हूँ कि आप किसी गहरे सोच में डूब जाते हैं। क्या सोचते हैं आप? कौन सी व्यथा है जो आपको सालती रहती है?'

'रह-रहकर मेरा अतीत मुझे याद आता है बेटा!...' और अपनी व्यथा कह सुनाई हरिया ने, मेरी भी अपनी दुनिया थी। पहले मैं और मेरी पत्नी हम दो थे उस दुनिया में। फिर एक बेटी हुई और हम तीन हो गए। जिन्दगी में एक नई रौनक आ गई बेटी के आने से। उसके साथ खेलते-खिलाते समय कटता हमारा। दूसरी बार फिर पत्नी के पाँव भारी हुए। हम दोनों चाहते थे कि बेटी तो हमें मिल गई एक बेटा और हो जाए। उसके सारे लक्षण और स्वाद भी पहले से अलग थे इस बार और हमें उम्मीद थी कि बेटा ही होगा। बहुत अहतियात बरता। घर

के काम-काज में भी काफी मदद करता मैं उसकी, लेकिन होना तो कुछ और ही था। एक भट्ठे पर ईंट पाथने का काम करते थे हम लोग। एक दिन पथेर में मिट्टी की लोथ उठाते समय पैर फिसल गया उसका और ऐसी गिरी कि धड़ी भर की लोथ सीधी पेट पर आकर पड़ी। बस उसी क्षण निढाल हो गई वह। दवा-दारू कराई और दाई को भी दिखाया, लेकिन कोई लाभ नहीं हुआ। बेटी भी दो वर्ष की थी उस समय। अब मैं ही उस बच्ची का माँ और बाप था। हर समय उसको अपने सीने से लगाए फिरता और गर्मी-सर्दी से बचाने के सौ-सौ उपाय करता। तनिक छींक भी आ जाती उसे तो बेचैन हो उठता था मैं। दूसरे पथेरों के बच्चों के साथ खेलते-कूदते वह बड़ी हुई और पन्द्रह-सोलह वर्ष की होते-होते जवान हो गई। साँवला-सलोना रूप, सुन्दर नाक-नक्श, अंग-अंग में चपलता और बड़ा मधुर तथा आत्मीय स्वभाव था उसका। उसकी शादी के विषय में सोचने लगा था मैं। एक-दो जगह बात भी शुरू कर दी थी मैंने कि एक दिन...।' कहते-कहते हरिया रुक गया जैसे गले में कुछ अटक गया हो।

'क्या हुआ उस दिन?' चन्दन ने जिज्ञासु होकर पूछा।

'दोपहर का समय था। वह पानी लेने नलके पर गई थी कि मालिक तथा कुछ अन्य लोगों ने उसके साथ बलात्कार किया। उसे कहीं का नहीं छोड़ा। मुझे पता चला तो खून खौल उठा मेरा। मन किया कि सिर फोड़ दूँ एक-एक का। मैंने मालिक से शिकायत की तो उसने दो सौ रुपये दिखाए मुझे और कहा, 'ये लो और घर जाओ और जो हो गया उसे भूल जाओ।' मैंने प्रतिवाद किया, 'मेरी बेटी का जीवन तबाह हो गया और आप कहते हैं मैं भूल जाऊँ।'

लेकिन मालिक ने कहा, 'नहीं तो जाओ, जो करना है सो करो।'

'मैंने तनिक और मुँह खोला तो लात और डंडों से पिटवाया मुझे मालिक ने अपने आदमियों से। मैं लहूलुहान हो गया, किन्तु जब तक होश रहा मैं इस ज्यादती के खिलाफ चीखता-चिल्लाता रहा और अन्त में बेहोश होकर गिर पड़ा। यूँ भट्ठे पर काम करने वाले सभी लोगों ने इस घटना पर दुख और क्षोभ व्यक्त किया किन्तु मालिक के आगे किसी ने मुँह नहीं खोला। थाने में रिपोर्ट लिखवाने भी गया मैं, लेकिन वहाँ भी कोई फरियाद नहीं सुनी गई मेरी। थानेदार ने मेरी बात सुनने के बजाय डण्डे मारकर भगा दिया मुझे। अपना सिर पीट लिया मैंने। किसके आगे जाकर रोता, किससे इंसाफ की फरियाद करता मैं। उस दिन अहसास हुआ मुझे कि दुनिया में हमारे लिए कोई जगह नहीं है, कहीं हमारी सुनवाई नहीं। न्याय के

दरवाजे भी बन्द हैं हमारे लिए। उस दिन मैंने अच्छी तरह जाना कि दुनिया पैसे और ताकत की है। जिनके पास पैसा और ताकत नहीं है, उनकी कोई पूछ नहीं है।'

हरिया के साथ जो कुछ हुआ वह कोई नई घटना नहीं थी। दलितों के साथ इस तरह के अत्याचार आम बात रही है। चन्दन यह अच्छी तरह जानता था और यह भी कि दलित इस सबके बावजूद इन्हीं परिस्थितियों में जीने को अभिशप्त रहे हैं। लेकिन हरिया की बेटी का क्या हुआ यह जानने के लिए वह अधीर हो उठा, 'आपकी बेटी का क्या हुआ?' उसने हरिया से पूछा।

हरिया ने बताना शुरू किया, 'थाने में रिपोर्ट नहीं लिखे जाने पर जुनून पैदा हो गया मेरे अन्दर और खून उतर आया मेरी आँखों में। मैंने निश्चय कर लिया कि अपनी बेटी की जिन्दगी बर्बाद करने वालों को छोड़ूँगा नहीं मैं, अपनी बेटी पर हुए अत्याचार का बदला जरूर लूँगा और इसी जुनून में मैंने गँडासा उठाया और मालिक की तलाश में निकल पड़ा। एक जगह मालिक मुझे अकेला ही मिल गया। बस, आव देखा न ताव और गँडासा उसके सिर पर दे मारा। उसको ढेर करके मैं भाग निकला। गँडासा एक कुएँ में फेंक दिया था मैंने। बाद में पकड़ा गया और जेल भी हुई मुझे, लेकिन कोई ठोस सबूत नहीं मिला अदालत को मेरे खिलाफ और जल्दी ही छूट गया।'

कहते-कहते एक क्षण रुका हरिया, फिर आगे कहा, 'मेरी बेटी का क्या हुआ मुझे कुछ पता नहीं। समाज का सामना न कर पाने के कारण घर छोड़ दिया उसने। कहाँ गई, कुछ पता नहीं। बहुत ढूँढ़ा मैंने उसको, लेकिन कोई पता नहीं चला। लगता है किसी कुएँ-खाई में कूदकर जान दे दी मेरी बच्ची ने।'

अपनी जो व्यथा-कथा हरिया ने सुनाई ठीक वैसी ही कहानो कमला की भी थी। चन्दन को लगा कहीं हरिया की वह अभागी बेटी कमला ही तो नहीं है। उसने हरिया से पूछा, 'आपकी बेटी का नाम कमला तो नहीं है?'

चन्दन का अनुमान सही निकला। कमला का नाम सुनते ही हरिया की आँखों में हर्ष की रेखाएँ तैरने लगीं, 'हाँ कमला ही है मेरी बेटी का नाम, लेकिन तुम कैसे जानते हो?' उसने चन्दन से पूछा।

'मैं कमला को जानता हूँ।' चन्दन ने बताया।

'यह क्या कह रहे हो बेटा, तुम कमला को जानते हो? क्या जिन्दा है मेरी बेटी?' हरिया को जैसे विश्वास नहीं हो रहा था इस बात पर कि उसकी बेटी जीवित है। वह हर्ष मिश्रित आश्चर्य से चन्दन की ओर देख रहा था।

चन्दन ने उसके आश्चर्य पर आश्वस्ति की मोहर लगाई, 'हाँ बाबा! कमला जीवित है और यहीं सन्तनगर में रहती है। उसके पास एक बच्चा भी है।'

चन्दन के मुँह से यह सुनते ही जैसे खुशी से पागल हो उठा हरिया, 'क्या कहा, मेरी बेटी यहीं रहती है मेरे पास में ही और मुझे पता तक नहीं।' और कमला से मिलने को अधीर हो उठा हरिया। बोला, 'तुम मुझे मेरी बेटी से मिला दो बेटा! मैं जीवन भर तुम्हारा अहसान नहीं भूलूँगा।'

'जरूर मिलाऊँगा बाबा! इसमें अहसान की कौन सी बात है। आइए मेरे साथ।' और हरिया को कमला के घर ले गया चन्दन। जीवन की क्रूर यंत्रणाओं के शिकार तथा अपनी-अपनी त्रासदी झेलकर वर्षों बाद मिले पिता और पुत्री एक-दूसरे से लिपटकर खूब रोए। चन्दन की भी आँखें गीली हो आईं। बड़े सुख और सन्तोष का अनुभव हुआ उसे।

उसी दिन कमला और उसके बच्चे को अपने घर ले आया हरिया। उसकी सूनी जिन्दगी में जैसे बहार आ गई। पूरी बस्ती में मिठाई बँटवाई और घर पर विशेष पकवान बनवाए उसने। खिल्लर को अपने कन्धों पर बैठाकर वह खुशी से झूमता फिरा सारे में।

चन्दन को भी खुशी हुई कमला के आ जाने पर, लेकिन साथ ही यह भी सोचा उसने कि हरिया के घर से चले जाना चाहिए अब मुझे और यह सोचते ही अपना सामान समेटना शुरू कर दिया उसने। हरिया ने उसे सामान समेटते देखा तो पूछ बैठा, 'यह सामान क्यों समेट रहे हो चन्दन बेटा?'

'जी, अब मुझे कोई दूसरा ठिकाना ढूँढ़ना चाहिए।' संकोच और मायूसी के साथ चन्दन ने जवाब दिया।

'लेकिन क्यों? इसकी जरूरत क्या है?' हरिया ने प्रश्न किया।

किस कारण से, किस शर्म और संकोच से जाना चाहता था वह हरिया के घर से, कैसे कहता वह। सिर्फ यही कह सका वह, 'आखिर कमला के लिए भी तो जगह चाहिए, इन दो कमरों में कैसे रहेंगे सब लोग।'

'जगह तो दिल के अन्दर होनी चाहिए बेटा! यदि दिल में जगह हो तो घर में जगह की क्या कमी।' हरिया के इस प्यार और अपनेपन का कोई जवाब नहीं था उसके पास।

'लेकिन...?' चन्दन ने कुछ कहना चाहा कि उसकी बात बीच में ही काट दी हरिया ने, 'मेरे अँधेरे घर में दीया जलाकर चले जाना चाहते हो तुम। नहीं,

मैं नहीं जाने दूँगा तुम्हें। कमला मेरी बेटी है, यह मेरे दिल का टुकड़ा है, लेकिन तुमको भी तो बेटे से कम नहीं माना मैंने कभी। कमला की खातिर तुमको यहाँ से जाने की जरूरत नहीं है। तुम पहले की तरह अपने कमरे में ही रहो। कमला मेरे कमरे में रहेगी, तुम्हें कोई कष्ट नहीं होगा।'

कमला ने भी कहा, 'मेरे कारण आपको कोई असुविधा नहीं होगी बाबू साहब! आप यहीं रहिए और मुझ पर यकीन कीजिए साधन न भी बन पाऊँ तो कम से कम आपके मार्ग में बाधक नहीं बनूँगी मैं। मेरी ओर से बिल्कुल निश्चिन्त रहिए आप।'

लेकिन चन्दन के अन्दर उथल-पुथल मची थी। वह ऊहापोह स्थिति में था कि अपने अन्दर की बात कहे या नहीं। लेकिन अन्तत: उसके अन्दर की बात ओठों तक आ ही गई, 'नहीं, आपके प्रति कोई शिकायत-सन्देह नहीं है मेरे मन में। आप पर पूरा भरोसा है मुझे। लेकिन समाज का क्या भरोसा, कोई कुछ का कुछ समझ बैठे। मैं ऐसी किसी भी संभावना को जन्म नहीं देना चाहता जिससे कल को मुझे या तुम्हें लेकर समाज को कुछ मिथ्या या अशोभनीय बात सोचने का मौका मिले या हमारी ओर अँगुली उठे। मुझे स्वयं से ज्यादा आपकी इज्जत की चिन्ता है।'

'लेकिन यदि हमारे मन में कोई मैल नहीं है, हमारे मन साफ हैं तो फिर समाज की क्या चिन्ता? खुद से ज्यादा आपने मेरी चिन्ता की यह आपका बड़प्पन है। आप तो देवता आदमी हैं बाबू साहब! आपके चरणों की धूल भी पूजनीय है। यदि कभी आवश्यकता पड़ी तो आपके सम्मान की रक्षा अपने प्राणों पर खेलकर भी करूँगी मैं। इसलिए आप निश्चिन्त होकर यहीं रहें, यहाँ से जाकर मेरा अपमान न करें आप। यदि मेरी वजह से आप यहाँ से गए तो मुझे दुख होगा।' कहने के साथ स्नेह और सम्मान से चन्दन की ओर देखा कमला ने।

अब कुछ नहीं कह सकता था चन्दन। हरिया के घर में बने रहने के अलावा कोई चारा नहीं रह गया था उसके सामने। एक बार कमला की ओर देखा उसने और अपना समेटा हुआ सामान ज्यों-का-त्यों रख दिया उसने।

अब पहले से अधिक ख्याल रखा जाने लगा था चन्दन का हरिया के घर में। हरिया और कमला दोनों अपने-अपने ढंग से ख्याल रखते उसका और कोशिश करते कि उसे कोई असुविधा या कष्ट न हो। चन्दन भी पहले से ज्यादा तल्लीन रहने लगा था अपनी पढ़ाई-लिखाई और अन्य कामों में और इसी का

परिणाम था कि अध्ययन के साथ-साथ अपना स्कूल भी जारी रखा उसने। चन्दन से प्रभावित और प्रेरित होकर बच्चों के अलावा युवा, वृद्ध और महिलाओं ने भी पढ़ना-लिखना शुरू किया। सन्तनगर ही नहीं अपितु शहर की अन्य दलित बस्तियों से भी लोग उसके पास पढ़ने के लिए आने लगे। जो लोग पढ़-लिखकर शिक्षित होते गए उन्होंने दूसरे अशिक्षितों को पढ़ाना-लिखाना शुरू किया। धीरे-धीरे अशिक्षा और अज्ञान के साए में जीने वाले दलितों में शिक्षा का प्रसार शुरू हो गया।

शिक्षा के प्रसार के साथ-साथ लोगों के दृष्टिकोण में भी व्यापकता आनी शुरू हुई। केवल रोटी की चिन्ता में उलझे रहने वाले लोगों के चिन्तन में बदलाव आया तथा अपने उत्थान और विकास के प्रति चेतना जाग्रत होने लगी। अन्याय, शोषण और असमानता का अन्त कैसे हो? घृणा और जिल्लत की जिन्दगी से कैसे उबरा जाए तथा कैसे दलित लोग भी दूसरे लोगों की तरह सम्मान और स्वाभिमान से जी सकें? इन सभी बातों पर उनके बीच प्रायः चर्चा होती रहती। धीरे-धीरे चन्दन का स्कूल दलित-शोषित लोगों की सामाजिक गतिविधियों का केन्द्र बन गया और जल्दी ही इन गतिविधियों ने एक आन्दोलन का रूप ले लिया। समता और स्वतंत्रता के वातावरण में साँस लेने के लिए आतुर अधिक से अधिक लोग इस आन्दोलन के साथ जुड़ते गए। सामाजिक बदलाव के लिए शुरू हुआ यह आन्दोलन बृहत् से बृहतर होता गया और थोड़े ही दिनों में शहर की गलियों से बाहर निकलकर यह आन्दोलन दूर-देहातों तक फैल गया।

आन्दोलन की व्यापकता को देखते हुए तथा इसको सुव्यवस्थित और सुनियन्त्रित ढंग से आगे बढ़ाने के लिए उसको कई शाखाओं में बाँटा गया। सामाजिक समता, आर्थिक स्वनिर्भरता, महिला-शिक्षा तथा सांस्कृतिक पुनरुत्थान आदि भी अब आन्दोलन के उद्देश्य में समाहित हो गए थे। हालाँकि आन्दोलन की विभिन्न शाखाओं का प्रभार अलग-अलग लोगों को सौंपा गया था किन्तु समग्र रूप से आन्दोलन के कार्य-संचालन का दायित्व चन्दन पर ही था। रात-दिन चन्दन आन्दोलन की कार्य योजना तैयार करने और उसे क्रियान्वित करने के उपाय खोजने में लगा रहता। इसके अलावा, आन्दोलन की अन्य गतिविधियों पर नजर रखना भी जरूरी था, क्योंकि आन्दोलन में सभी आयु, वर्ग के तथा शिक्षित-अशिक्षित सभी तरह के लोग शामिल थे। जहाँ वृद्ध लोग शान्ति और

संयम से काम लेने के पक्षधर थे, वहीं युवा खून उग्र और उतावला तथा हिंसा पर उतरने तक को तत्पर था। आन्दोलन के निमित्त सभी की शक्ति और ऊर्जा का सदुपयोग हो, इसके लिए सबके बीच तालमेल और एकरूपता का होना जरूरी था। आन्दोलन की सफलता के लिए जरूरी था कि सब लोग एक ही लाइन पर सोचें और उसी के अनुरूप कार्य करें। इसलिए चन्दन को अपना बहुत सारा समय लोगों को यह समझाने में लगाना पड़ता कि वे कैसे एक-दूसरे के साथ तालमेल बनाएँ और मिल-जुलकर आन्दोलन को आगे बढ़ाएँ।

शहर की कोई बस्ती हो या देहात का गाँव, चन्दन को प्राय: रोज ही कहीं न कहीं किसी मीटिंग या सम्मेलन को सम्बोधित करने के लिए जाना पड़ता। काफी थक जाता इस सबमें वह। कभी-कभी सो भी नहीं पाता वह ठीक से। यह सब देखकर एक दिन हरिया ने उससे कहा, 'तुम रात-दिन एक किए रहते हो, न भूख-प्यास की चिन्ता करते हो, न घड़ी भर आराम की।...कभी थोड़ा-बहुत आराम भी कर लिया करो बेटा!'

हरिया गलत नहीं कह रहा था। शरीर के लिए आराम भी जरूरी है, लेकिन चन्दन इस समय काम के आगे आराम को भूल जाना चाहता था। उसने हरिया को समझाया, 'आप ठीक कहते हो बाबा! लेकिन हमारा समाज सोया हुआ है। व्यक्ति हो या समाज, वह चाहे कितना ही समर्थ और बलवान क्यों न हो, यदि वह सोया हुआ है तो वह मुर्दे के समान निश्चल और निष्प्राण है, उसे कोई भी आसानी से खत्म कर सकता है। जबकि हमारा समाज न केवल सोया हुआ है बल्कि वह जंजीरों में जकड़ा हुआ भी है। शोषण और अत्याचार की मार से पीड़ित और जर्जर यह समाज कहीं हमेशा के लिए सोता ही न रह जाए इसलिए उसे जगाना जरूरी है। सोए हुए समाज को जगाने के लिए तथा जागने तक उसकी रक्षा और पहरेदारी करने के लिए किसी को तो अपनी नींद और आराम का त्याग करना ही पड़ेगा न।'

'कितना दर्द है चन्दन के मन में समाज के लिए। काश, ऐसे कुछ और लोग समाज में पैदा होते।' हरिया ने मन ही मन सोचा और चन्दन से कहा, 'वो तो ठीक है बेटा! लेकिन अपने शरीर का भी तो कुछ ध्यान रखना चाहिए तुम्हें या नहीं? सुबह को सवेरे ही तुम घर से निकल जाते हो और सारा, दिन यहाँ-वहाँ दौड़-धूप करते फिरते हो। रात को भी आराम करने की बजाय कागजों, किताबों में आँखें गड़ाए रहते हो तुम। शरीर तो एक मशीन की तरह होता है बेटा! ज्यादा

देर तक लगातार चलते-चलते मशीन भी गर्म हो जाती है, उसे भी आराम देना पड़ता है। शरीर को भी कुछ तो आराम चाहिए ही।'

लेकिन चन्दन आराम के पक्ष में नहीं था। 'आराम' शब्द को जैसे उसने अपनी जिन्दगी के शब्दकोश से ही बाहर निकालकर फेंक दिया था। वह बोला, 'अभी आराम करने की उम्र मेरी नहीं है बाबा! और फिर यदि मैं आराम की ओर ध्यान दूँगा तो काम कैसे कर पाऊँगा। इस समय जितनी भी अधिक से अधिक भाग-दौड़ मैं कर सकता हूँ मुझे करनी चाहिए। मुझे ही क्या हर किसी को अपना अधिक से अधिक योगदान समाज के हित और उत्थान के प्रति देना चाहिए। हमारा समाज विषाद और कष्टों में डूबा है। लोगों के दुख और कष्ट कम हों, उनको शोषण से मुक्ति मिले और वे भी दूसरों की तरह सुख और सम्मान का अनुभव करें, इसी में मेरा भी सुख और आराम है।'

चन्दन की भावना के प्रति कायल हो गया हरिया। अब तक ऐसा उत्साही और समर्पित व्यक्ति नहीं देखा था उसने अपनी साठ साल की जिन्दगी में। वह अभिभूत होकर बोला, 'त्याग और बलिदान की जो भावना तुम्हारे अन्दर है और जिस दृढ़ निश्चय के साथ तुम काम कर रहे हो मैं उसका कायल हूँ बेटा! अकेला मैं ही नहीं सारे शहर तथा शहर से बाहर भी दूर-दूर तक, जहाँ तक तुम्हारी आवाज पहुँच रही है, सब लोग तुम्हें मानते हैं। समाज में एक क्रांति पैदा हो गई है। लोगों में एक जोश और स्फूर्ति भर दी है तुमने। तुम्हारी एक आवाज पर अपना सब कुछ न्यौछावर करने को, अपनी जान तक दे देने को तैयार हैं लोग।...धन्य हैं तुम्हारे माता-पिता जिन्होंने तुम्हारे जैसे बेटे को जन्म दिया। अपने नाम को सार्थक कर दिया है तुमने। तुम सचमुच चन्दन हो, अपने कुल-खानदान के भी और समाज के भी। तुमने अपनी खुशबू से इस समाज को महका दिया है।'

हरिया के इन शब्दों ने चन्दन को और नए जोश से भर दिया। लेकिन बहुत विनम्रतापूर्वक उसने कहा, 'मैंने जो कुछ भी किया है और कर रहा हूँ यह सब समाज के सहयोग और समर्थन के कारण ही सम्भव हो सका है। लोग मुझे प्यार करते हैं, मुझ पर भरोसा रखते हैं, यही मेरी शक्ति और ऊर्जा है। सदियों से अज्ञान और पिछड़ेपन की गर्त में पड़ा रहा है हमारा समाज। मेरा प्रयास है कि समाज से यह अज्ञान और पिछड़ापन दूर हो तथा निराशा और अन्धकार के साए में जी रहे समाज में आशा और विश्वास पैदा हो। यदि मेरे प्रयास से मेरे पददलित

समाज का कुछ भला हो सका तो मैं स्वयं को धन्य समझूँगा और इसके लिए खुशी-खुशी अपना सब कुछ त्यागने को तैयार हूँ मैं।'

चन्दन के त्याग और समर्पण के समक्ष हरिया नत-मस्तक हो गया था। उसे लगा कि उसे भी समाज-हित में कुछ न कुछ करना चाहिए। उसने चन्दन से कहा, 'अपने ज्ञान के प्रकाश से समाज को प्रकाशित करने को काफी न समझकर समाज के कल्याण और उत्थान के लिए अपने आपको मिटा देने के लिए तत्पर हो तुम। महान है तुम्हारा संकल्प और महान है तुम्हारी कुर्बानी। इससे बड़ा तप और त्याग क्या होगा जीवन में ? सारे दान और अनुष्ठान फीके हैं तुम्हारे संकल्प और त्याग के आगे। तुम्हारे संकल्प और त्याग को देखकर मेरे अन्दर भी समाज के लिए कुछ करने की भावना पैदा हो रही है। हालाँकि मैं बूढ़ा और बेकार का आदमी हूँ लेकिन इतना गया-बीता भी नहीं हूँ कि मैं समाज के किसी काम भी न आ सकूँ। आज से मैं भी तुम्हारे आन्दोलन का एक सिपाही रहा चन्दन बेटा! तुम जो कहोगे मैं वह करूँगा।'

हरिया से पहले से ही प्रभावित था चन्दन। उसके इन शब्दों ने चन्दन को और गहरे तक प्रभावित कर दिया। हरिया के प्रति कृतज्ञता से भर गया था उसका मन। उसके प्रति कृतज्ञता ज्ञापित करते हुए बोला वह, 'आप इतना कुछ करते हैं यह क्या कम है। आए दिन यहाँ मीटिंग होती रहती हैं, हर समय लोगों का आना-जाना लगा रहता है। आप सबका स्वागत-सत्कार करते हैं और इसके लिए आप अपना समय भी खर्च करते हैं और पैसा भी। और भी बहुत से छुटपुट कार्यों पर काफी खर्च होता है आपका। इसके अलावा मेरे ऊपर भी क्या कम खर्च होता है। अपनी सारी आमदनी और जमापूँजी का निस्वार्थ भाव से और खुशी-खुशी समाज के हित में त्याग कर रहे हैं आप। आप तो अनाथपिण्डक हैं हमारे समाज के। कितना अच्छा हो यदि दूसरे लोगों में भी यही भावना पैदा हो जाए तथा समर्थ लोग जरूरतमन्दों की मदद करें। समाज के लिए इससे बड़ी कोई बात नहीं हो सकती। यदि समाज के सब लोग परस्पर सहायता और सहयोग करें तथा समाज की सारी शक्ति, सारी ऊर्जा और सारी आय समाज के उत्थान और विकास में काम आए। जितना आप करते हैं यदि उसका शतांश भी सब लोग करें तो बहुत बड़ा काम हो सकता है समाज के हित में, और शायद बहुत अधिक समय तक दुर्दशा और दारिद्र्य का शिकार नहीं रह सकेगा हमारा समाज।'

'मेरे पास हो तो सब कुछ कुर्बान कर दूँ मैं, लेकिन मेरा दुर्भाग्य है कि मेरे पास कुछ नहीं है। केवल यह शरीर है, जहाँ कहोगे वहाँ झोंक दूँगा इसे।' जैसे किसी जुनूनी बलिदानी ने गोली खाने के लिए अपना सीना खोल दिया था।

'आपकी भावनाओं से अच्छी तरह अवगत हूँ मैं। अभाव और उत्पीड़न हमारे समाज का यथार्थ रहा है सदियों से। आपने इस यथार्थ को जिया है, भोगा है। इसलिए समाज के हित और उत्थान के लिए हम लोगों ने जो काम शुरू किया है, उसकी सफलता के लिए आपके आशीर्वाद और मार्गदर्शन तथा आपके अनुभवों की नितांत आवश्यकता है। आप बुजुर्गों से यही चाहिए हमें कि यदि हम गलती करें तो आप हमें सही मार्ग बताएँ, हम हिंसक होने लगें तो आप हमें सँभालें और यदि हम अकर्मण्य या निष्क्रिय होने लगें तो हमें प्रेरित और उत्साहित करें।' क्षणभर रुककर उसने एक साँस ली और फिर, श्रद्धा और सम्मान के साथ वह हरिया से बोला, 'हमें आशीर्वाद दीजिए कि हमारे अन्दर का उत्स मरे नहीं, हमारी ऊर्जा और उर्वरता बनी रहे और हमारा प्रयास फलीभूत हो।'

चन्दन की दृढ़ता और उसके अन्दर की आग को देखकर हरिया को लगने लगा था कि हो न हो एक दिन चन्दन कोई बड़ा काम करके रहेगा। एक दिन उसका नाम गूँजेगा चारों ओर। लोग उसके नाम की चर्चा किया करेंगे। और फिर यह सोचकर मन ही मन सुख और सन्तोष का अनुभव किया उसने कि मुझे इस बात पर गर्व होगा कि मैंने जीवन के कई वर्ष चन्दन के साथ बिताए हैं। और फिर उसने सोचा, 'आज के लड़के कहाँ बड़े-बूढ़ों को कुछ समझते हैं। उनके लिए तो हम फालतू के जीव हैं, गैरजरूरी। लेकिन एक चन्दन है कि इतना मान देता है बड़ों को।' उसका मन गद्‌गद हो उठा। 'हमारा आशीर्वाद हमेशा तुम्हारे साथ है बेटा! तुम्हारे मन, वचन और कर्म पुण्य-भावना से भरे रहें और उस पुण्य के प्रताप से तुम्हारा सदैव शुभ हो, मंगल हो।'

'अच्छा, अब मैं चलता हूँ मुझे एक मीटिंग में जाना है।' कहते हुए चन्दन ने अपना थैला कन्धे पर लटकाया और चल दिया। 'और हाँ, रात को शायद देर से लौटूँगा मैं', जाते-जाते कहा उसने और घर से बाहर हो गया।

तेरह

ठाकुर साहब की हवेली की बैठक में इस समय ठाकुर साहब के अलावा जिला कलक्टर, पुलिस अधीक्षक, सेठ दुर्गादास और काणा पंडित बैठे थे। मेज पर ह्विस्की की बोतल और प्लेटों में नमकीन, काजू, अंडे और अन्य सामान रखा था। चीयर्स के साथ सबके पैग आपस में टकराए और शुष्क गलों को तर करने लगे। सबसे पहले सेठ दुर्गादास ने अपना पैग समाप्त कर खाली गिलास मेज पर रखा। ऊपर से थोड़े से काजू उठाकर मुँह में डाले और बात छेड़ी, 'सुना है समानवादियों का बहुत जोर हो रहा है आजकल।' उसका प्रश्न पुलिस अधीक्षक से था।

'हाँ, कुछ सिरफिरे लोग अराजकता फैलाना चाहते हैं समानता के नाम पर। वे ही जगह-जगह आन्दोलन कर रहे हैं।' पुलिस अधीक्षक ने कहा।

'क्या आप समझते हैं कि ये लोग अपने मकसद में कामयाब हो पाएँगे?' इस बार ठाकुर साहब का प्रश्न था।

'थोड़ा सा जोश है बस, शासन से क्या टक्कर लेंगे वे। धर-पकड़ शुरू कर दी है हमने। थोड़े दिन में सबके होश ठिकाने आ जाएँगे,' पुलिस अधीक्षक ने लापरवाही के स्वर में जवाब दिया।

'पता नहीं आप कब होश ठिकाने लगाएँगे उनके। उनकी गतिविधियाँ तेज होती जा रही हैं। रोज नई-नई वारदातें हो रही हैं। सुना है लूट-पाट और आगजनी भी शुरू कर दी है उन्होंने। कहीं मेरी तिजोरी ही लूट ली तो?...मैं तो कहीं का नहीं रहूँगा।' सेठ दुर्गादास ने चिन्ता व्यक्त की।

'और मुझे अपने खेत-खलिहानों की चिन्ता है। कहीं कम्बख्तों ने उन्हीं में आग दी तो?' ठाकुर साहब ने अपनी चिन्ता जताई।

'चिन्ता करने की कोई बात नहीं है। बहुत जल्द उनका आन्दोलन दब जाएगा। उनके ठिकानों पर दबिश देने की तैयारी कर रहे हैं हम लोग।' पुलिस अधीक्षक ने आश्वस्त किया।

'लेकिन वे यह सब क्यों कर रहे हैं? वे चाहते क्या हैं?' इस बार प्रश्न काणे पण्डित का था।

'कहते हैं समानता लाएँगे, जाति और वर्ग की दीवारों को खत्म करेंगे। ऊँच-नीच, गरीब-अमीर सबको एक स्तर पर लाना चाहते हैं वे।' कलक्टर साहब ने स्पष्ट किया।

'हूँ..।' एक हुंकार भरी काणे पण्डित ने। 'वे मिटाएँगे सबका भेद। ऐसा कैसे हो सकता है, कैसे बराबर हो सकते हैं ब्राह्मण और भंगी सब? यह कोई उनकी बनाई व्यवस्था है कि लिया और खत्म कर दिया। सनातन व्यवस्था है, यह तो रहेगी ही। धर्मशास्त्रों से भी बड़ा कोई हो सकता है भला।' कहकर काणे पण्डित ने अपनी लम्बी चोटी को पकड़कर उसमें एक गाँठ लगाई।

धूप सेंकने के बाद हवेली की छत से सीढ़ियाँ उतरकर अपने कमरे की ओर जा रही थी रजनी। जैसे ही वह बैठक के बराबर में आई और काणे पण्डित के ये शब्द उसके कानों में पड़े तो एकदम ठिठक गए उसके कदम। 'काणे पण्डित की बात का विरोध किया जाना चाहिए।' उसके मन में तत्काल यह विचार आया, किन्तु फिर सोचा, 'छोड़िए क्या विरोध करना। जिसमें जितनी अक्ल होती है वह उतनी ही बात करता है।' लेकिन मस्तिष्क ने प्रतिवाद किया, 'किसी की गलत बात को सुनकर चुप लगा जाना, कुछ भी न कहना तो उस बात का समर्थन करना हुआ। जबकि ऐसी बात का समर्थन नहीं किया जाना चाहिए। जो गलत है, अनुचित है उसका विरोध अवश्य होना चाहिए।' मन में यह निश्चय हुआ और उसके कदम बैठक की ओर मुड़ गए।

कमरे में घुसते ही वह बोली, 'कौन कहता है व्यवस्था को बदला नहीं जा सकता। आखिर आदमी की ही तो बनाई हुई हैं सारी व्यवस्थाएँ, और सारी व्यवस्थाएँ आदमी के लिए ही हैं। तब, यदि किसी व्यवस्था में दोष हो और वह उत्थान की बजाय पतन का कारण बनती हो, तो उसे अवश्य बदला जा सकता है, और बदला जाना चाहिए।'

रजनी को अचानक बैठक में खड़े देख और प्रतिवाद करते हुए देख एकदम सब के सब चौंक उठे। सब एक-दूसरे की ओर देखने लगे। क्षणभर के लिए वैठक में सन्नाटा छा गया। काणे पंडित ने सन्नाटे को तोड़ा, 'क्या कह रही हो रजनी बेटी! हर चीज के साथ हित-अहित जुड़ा हुआ है। जानती हो, इस व्यवस्था के बदलने से हम लोगों का कितना अहित होगा।'

'आप ठीक कहते हैं कि हर चीज में हित-अहित जुड़ा हुआ है। पर अपने हित की खातिर दूसरे के हितों की बलि चढ़ाना क्या उचित है? सुख और सम्मान कौन नहीं चाहता। जिस व्यवस्था के चलते एक व्यक्ति को सब कुछ मिले और दूसरा अभाव और उत्पीड़न में डूबा रहे, व्यवस्था कहेंगे आप इसे। मैं पूछती हूँ यह कौन सी व्यवस्था है, यह कहाँ का न्याय है? ब्राह्मण और भंगी क्या दोनों की शरीर-रचना एक जैसी नहीं होती? क्या दोनों हाड़-मांस के बने हुए नहीं होते? क्या दोनों के शरीर में बहने वाले खून का रंग एक जैसा नहीं है? फिर दोनों समान क्यों नहीं हो सकते?' प्रश्नों की झड़ी लगा दी रजनी ने।

काणा पंडित अवाक् था उसके पास कोई जवाब नहीं था रजनी के तर्कों का। उसकी सिट्टी-पिट्टी गुम हो गई। वह क्या जवाब दे रजनी को कुछ सोचते नहीं बन पा रहा था। अन्य लोग भी चुप लगाए रहे। किसी ने भी रजनी का विरोध नहीं किया। काणे पण्डित को लगा कि चुप रहकर सब लोग रजनी का समर्थन कर रहे हैं। स्वयं को सबसे अलग-थलग सा पाकर उसे स्वयं पर खीझ सी आने लगी। खीझ उतारने के लिए वह बगलें झाँकने लगा।

रजनी का चेहरा और उसके बात करने का ढंग बता रहा था कि वह गुस्से में थी। काणे पण्डित के साथ रजनी की झड़प की तो ठाकुर साहब को कोई खास चिन्ता नहीं थी, लेकिन कहीं एस.पी. या कलक्टर साहब को बुरा न लग जाए, यह चिन्ता उन्हें जरूर थी। लेकिन ठाकुर साहब करें भी तो क्या? रजनी से क्या कहें, उन्हें भी कुछ सूझ नहीं रहा था।

मिनट भर पहले गूँजते ठहाकों की जगह सन्नाटा व्याप्त हो गया था कमरे में। सब एक-दूसरे की ओर देख रहे थे। किसी को कुछ नहीं सूझ रहा था। आखिर कलक्टर साहब ने स्थिति सँभाली। उन्होंने सबसे पहले स्वयं को संयत किया और फिर रजनी से बोले, 'तुम ठीक कहती हो बेटी! सबके हितों का ख्याल रखा जाना चाहिए। यह काम हमारा है और हम इस ओर जरूरी ध्यान देंगे। लेकिन हम भी बँधे हुए हैं, हमारी भी सीमाएँ हैं। केवल प्रशासनिक स्तर पर ही हम इसे देख सकते हैं। जहाँ तक व्यवस्था का प्रश्न है प्रशासनिक स्तर से व्यवस्था में परिवर्तन नहीं हो सकता। व्यवस्था में बदलाव लाने के लिए जरूरी है कि समाज की सोच में बदलाव लाया जाए। इसके लिए समाज को नए ढंग से शिक्षित करने की आवश्यकता है। यह काम समाज के बीच रह रहे युवाओं को करना चाहिए। वे ही बेहतर अंजाम दे सकते हैं। तुम्हारे जैसी

युवतियाँ भी सामाजिक परिवर्तन में महत्त्वपूर्ण भूमिका निभा सकती हैं।...कुछ तुम प्रयास करो कुछ हम करेंगे और कुछ एस.पी., साहब देखेंगे, तब शायद कुछ तस्वीर बदले।'

और कहते-कहते एस.पी. की ओर मुखातिब हुए कलक्टर साहब। एस.पी., साहब ने भी समर्थन में गर्दन हिला दी, 'हाँ-हाँ क्यों नहीं, जरूर देखेंगे हम भी।'

'जब सब लोग सोचेंगे तथा सब अपने-अपने स्तर से प्रयास करेंगे तभी समाज में बदलाव आ सकता है।' कलक्टर साहब ने इतना कहा और चलने के लिए उठ खडे हुए। कलक्टर साहब के साथ-साथ एस.पी. साहब भी उठ गए। ठाकुर साहब को लगा कि रजनी की अभद्रता निश्चय ही कलक्टर साहब को अच्छी नहीं लगी है। ठाकुर साहब ने उनको रोकना चाहा, लेकिन न कलक्टर साहब रुके न एस.पी.। दोनों अपनी-अपनी गाड़ियों में बैठे और शहर की ओर रवाना हो गए। काणा पण्डित और सेठ दुर्गादास भी अपने-अपने घरों को चले गए और थोड़ी देर पहले जम रही महफिल थोड़ी ही देर में उखड़ गई।

चौदह

चन्दन की अगुवाई में सामाजिक बदलाव के लिए शुरू हुए आन्दोलन की व्यापक प्रतिक्रिया हुई समाज पर। लोक-मानस को झकझोर-सा दिया उसने। भ्रम और भ्रांति के शिकार दलित लोगों ने यथार्थ को जानना शुरू किया। जन्म के आधार पर व्यक्ति को श्रेष्ठ या हीन मानने की भावना का लोप होने लगा और उसके स्थान पर यह भावना विकसित हो चली थी कि जन्म के आधार पर नहीं अपितु गुण-कर्म तथा योग्यता के आधार पर ही मनुष्य श्रेष्ठ अथवा हीन होता है। चन्दन के अथक प्रयासों का यह सुखद परिणाम देखने को मिल रहा था। काफी जद्दोजहद के बाद वह अपने समाज के लोगों के मन-मस्तिष्क से हीनता की भावना को बाहर निकालने में सफल हो सका था। उसने लोगों को यह बात ठोक-ठोककर समझाई कि जो व्यक्ति शील और सदाचार का पालन करे, जो ईमानदार और सत्यनिष्ठ हो, जिसके मन में छल-कपट और धोखा न हो, जो मेहनत से कमाकर खाता हो वह श्रेष्ठ, तथा जो दुश्शील और व्यभिचारी हो, जो मिथ्या बोलने वाला और बेईमान हो, जिसके मन में छल-कपट या धोखा हो, जो शोषण-वृत्ति वाला हो, जो दूसरे लोगों को ठगकर, उनको भ्रम और भ्रांति में डालकर या उनको भय अथवा लोभ दिखाकर उनकी मेहनत की कमाई को लूटकर अपना पेट भरता हो, वह हीन है।

इस चेतना के जाग्रत होते ही समाज में मिथ्या-विश्वास और आडंबरों का विरोध शुरू हुआ तथा आस्था और अनुष्ठानों को औचित्य-अनौचित्य की कसौटी पर परखा जाने लगा। मनुष्य के जनम से लेकर मृत्यु तक होने वाले धार्मिक और सामाजिक अनुष्ठानों के सहारे फलने-फूलने वाले पंडे-पुरोहितों के परम्परागत व्यवसाय को भी जबरदस्त झटका लगा। जिन लोगों ने बदलाव की इस हवा को पहचाना, उन्होंने पूजा-पुरोहिताई का धन्धा छोड़कर दूसरे

धन्धों की ओर रुख किया। किन्तु जो लोग इस हवा को नहीं पहचान सके अथवा पहचानते हुए भी अपनी श्रेष्ठता के अहं और मिथ्या-अभिमान के कारण यथार्थ को स्वीकार करने को तैयार नहीं हुए उनको कठिनाइयों का सामना करना पड़ा। क्योंकि एक ओर जहाँ दान और दक्षिणा का मिलना बन्द हो गया था, वहीं दूसरी ओर कमाकर खाने की आदत न होने के कारण कोई भी श्रमसाध्य कार्य करना उनको दुष्कर प्रतीत होता था। परिणाम यह हुआ कि अपने परंपरागत व्यवसाय से पेट भरना कठिन होने के कारण बहुत से लोगों को उस व्यवसाय को छोड़ना पड़ा तथा किसी अन्य सुविधाजनक व्यवसाय की तलाश में अपने पैतृक और गाँवों को छोड़कर अन्य स्थानों की ओर प्रयाण करना पड़ा।

जहाँ-जहाँ तक क्रांति और बदलाव की हवा पहुँची, वहाँ पर तथाकथित निम्न और अवर्ण लोगों ने न केवल सवर्णों की सामाजिक श्रेष्ठता को मानने से इन्कार किया, बल्कि पूँजीवाद और सामंतवाद का भी खुलकर विरोध शुरू कर दिया। अब तक ठाकुर-जमींदारों के खेतों में बँधुआ बनकर तथा नाममात्र की मजदूरी पर काम करने वाले कमेरों ने अपने श्रम का मोल-तोल करना शुरू किया, और सेठ-साहूकारों के कमरतोड़ सूद से बचने के लिए उनसे कर्ज लेना बन्द किया। इससे कुछ लोगों के सामने काफी दिक्कतें भी आईं जो कि स्वाभाविक था। वस्तुत: जहाँ पर सदैव अभाव और निर्धनता में जीने वाले लोगों को अपनी छोटी-छोटी जरूरतों के लिए भी सेठ-साहूकारों की ओर देखना पड़ता हो, वहाँ पर उनका बहिष्कार करने से कष्ट और असुविधा का होना अवश्यंभावी था।

मनुष्य यदि अपने विचारों के प्रति दृढ़ और ईमानदार हो तो प्रत्येक समस्या का कोई-न-कोई हल जरूर निकल जाता है। जन-सामान्य में अपने विचारों के प्रति दृढ़ता थी और ईमानदारी भी। सहकारी समिति खोलकर इस समस्या का समाधान किया गया। अपनी छोटी-छोटी जरूरतों को पूरा करने के लिए भी जहाँ सेठ-साहूकारों के तलुवे चाटने पड़ते थे अब इस तरह की स्थापना से लोगों की सामान्य आवश्यकताओं की पूर्ति के साथ-साथ उनमें एकजुटता तथा पारस्परिक सहयोग की भावना का विकास हुआ। इससे आर्थिक रूप से सेठ-साहूकारों पर निर्भरता में निश्चित रूप से कमी आई और उनकी जरूरत प्राय: समाप्त हो गई।

छप्पर

पैसों से पैसा कमाना ही धन्धा है सेठ-साहूकारों का। लेकिन पैसे से पैसा तब कमता है जब कहीं-न-कहीं निवेश हो पैसे का। पैसे का आवागमन न हो तो उससे कमाई नहीं हो सकती। सेठ-साहूकारों के पास पैसा था, लेकिन उनके सामने उनके निवेश की समस्या थी। पहले गाँव के गरीब और जरूरतमन्द लोगों को कर्ज देकर अच्छा-खासा कमा लेते थे और न चुकाने पर उनके घर-जमीन हथिया लेते थे, लेकिन जब से सहकारी समिति से कर्ज मिलने लगा लोगों को, सूद पर पैसा उठाने का सेठ-साहूकारों का धन्धा चौपट हो गया। आय बन्द हो जाने से जमा पूँजी खर्च होनी शुरू हुई और उनकी आर्थिक स्थिति डगमगाने लगी।

यही हाल ठाकुर-जमींदारों का था। मजदूरों से बँधुआ की तरह काम लेने तथा उनको स्वेच्छानुसार मजदूरी देने के आदी ठाकुर-जमींदार मजदूरों को उनकी माँग के अनुसार मजदूरी देने को तैयार नहीं हुए। उल्टे मजदूरों को सबक सिखाने के उद्देश्य से अपने खेत-खलिहानों में किसी भी तरह का काम देना बन्द कर दिया उन्होंने। यदि मजदूरी करके पेट भरने वाले लोगों को मजदूरी न मिले तो पेट भरना कठिन हो जाता है उनका। ठाकुर-जमींदारों की सोच थी कि काम नहीं मिलेगा और भूखों मरेंगे लोग तो होश अपने-आप ठिकाने आ जाएँगे उनके और एक दिन जरूर नाक रगड़ेंगे उनके आगे और गिड़गिड़ाएँगे मजबूर होकर। इसी ऐंठ में उन्होंने मजदूरों की उचित मजदूरी की माँग को नकार दिया।

मजदूरों के लिए बहुत अधिक होता है श्रम का महत्त्व और मूल्य, क्योंकि श्रम ही उनके जीवन का आधार है। लेकिन पूँजीपतियों और जमींदारों के लिए भी कम नहीं होता उसका महत्त्व। काम नहीं मिलने से यदि श्रमिकों की आजीविका कठिन होगी तो श्रमिकों द्वारा काम न किए जाने से जमींदारों-पूँजीपतियों का उत्पादन ठप्प होगा। उत्पादन ठप्प होगा तो आय नहीं होगी, और आय नहीं होगी तो आर्थिक स्थिति प्रभावित होगी।

मजदूरों-कमेरों को ठाकुर-जमींदारों द्वारा काम देना बन्द किए जाने से अनेक कठिनाइयाँ आईं उनके सामने। लेकिन इन कठिनाइयों से पार पाने के लिए ठाकुर-जमींदारों के आगे गिड़गिड़ाने या नाक रगड़ने की अपेक्षा उन्होंने काम की तलाश में इधर-उधर निकलना शुरू किया। शहरों में एक से बढ़कर एक मिल और कारखाने हैं, और न केवल काम मिलने के अवसर अधिक होते

हैं मिल-कारखानों में बल्कि मजदूरी भी अपेक्षाकृत अधिक होती है वहाँ गाँवों से। इसलिए गाँव में ठाकुर-जमींदारों के खेत-खलिहानों में रात-दिन जी-तोड़कर मेहनत करने पर भी ठीक से भरपेट अन्न न पाने वाले तथा उनके ही रहम और दया पर जीवित रहने वाले भूमिहीन खेत-मजदूर गाँव के दाब-धौंस और घुटन भरे माहौल से बाहर निकलकर खुले और स्वच्छ वातावरण में साँस लेने के लिए आतुर हुए। इसके लिए उन्होंने गाँव छोड़ा और शहरों की ओर प्रयाण किया।

गाँवों के गरीब और मजदूर लोगों द्वारा शहरों की ओर पलायन कर जाने से खेत-खलिहानों में काम करने के लिए कमेरे मिलने बन्द हो गए ठाकुर-जमींदारों को, उनकी सारी खेती चौपट हो गई और सदैव विविध प्रकार की फसलों से हरे-भरे और लहलहाते रहने वाले खेत बंजर से हो गए कुछ ही दिनों में। खेती के चौपट हो जाने पर उनको अहसास हुआ कि जिन कमेरे लोगों को जानवर से भी बदतर समझा उन्होंने सदैव, निरर्थक और महत्त्वहीन नहीं हैं वे भी, उनका भी महत्त्व और मूल्य है।

बदलाव की यह हवा मातापुर तक भी पहुँची। इस हवा के चलते काणे पण्डित का धन्धा चौपट हुआ, दुर्गादास के व्यवसाय को झटका लगा और ठाकुर साहब की सारी खेती-बाड़ी चौपट हो गई। सम्पन्नता और वैभव के आकाश में उड़ने वाले ये मानव-पक्षी धरातल पर आ गिरे और भविष्य की कल्पना से भयभीत हो उठे। अपने ढहते किलों को खण्डहर होने से बचाने के लिए प्रारंभ में अपनी-अपनी तरह से बहला-फुसलाकर और भय दिखाकर लोगों को क्रांति की इस लहर से दूर रखने तथा उन पर अपना नियंत्रण बनाए रखने की भरपूर कोशिश की काणे पण्डित, ठाकुर साहब और दुर्गादास आदि ने। ठाकुर साहब ने धमकी का भी प्रयोग किया। किन्तु लोगों का मिजाज कुछ और था इस बार। जैसे किसी भी बात की परवाह न हो उनको और सिर पर कफन बाँध लिया हो उन्होंने। न बहलाने फुसलाने का प्रभाव पड़ा उन पर न जोर-जबरदस्ती का।

अन्य कोई उपाय न पाकर तथा अपने अस्तित्व और आजीविका को खतरे में पड़ा देख मातापुर छोड़ना पड़ा काणे पण्डित को। अपने सारे पोथी-पतरा समेटे उसने और अपनी सारी विद्या-बुद्धि व अनुभव के साथ पुरोहिताई के धन्धे के लिए उपयुक्त नई जमीन की तलाश में वह किसी अज्ञात स्थान की ओर निकल

पड़ा। दुर्गादास वणिक था, गाँव में सहकारी समिति की स्थापना होते ही उसने हवा के रुख को पहचान लिया। यह भी भाँप लिया उसकी वणिक बुद्धि ने कि कठोरता या जबरदस्ती से एक पैसा भी वसूल करना सम्भव नहीं है लोगों से। लोगों के तेवर देखकर उसने अपने स्वर को बदला। प्यार और विनम्रता से जितनी अधिक-से-अधिक वसूली कर सकता था वह उसने लोगों से मूल और सूद की वसूली की और अपनी सारी जमा-पूँजी गाँठ में बाँधकर एक-दूसरे कारोबर की तलाश में उसने शहर की राह ली।

ठाकुर साहब की स्थिति सबसे विकट और दुविधाजनक थी। न तो अपनी विशाल मिल्कियत को छोड़कर कहीं जा सकते थे वह और न अपनी कल की हैसियत और वजूद को भूलकर और वर्तमान के साथ समझौता करके आम आदमी की तरह रह सकते थे। उनका जीवन घुटन और संत्रास से भर गया था। कल तक जहाँ चारों ओर नौकर-चाकरों की रेल-पेल रहती थी और एक तिनका तक अपने हाथों से इधर-उधर नहीं करना पड़ता था, आज छोटे से लेकर बड़े तक सारे कार्य अपने हाथों से करने पड़ रहे थे उनको। उनके सामने कभी सिर उठाकर बात करने तक की हिम्मत नहीं होती थी जिन लोगों की, आज वे ही लोग सीना तानकर चलते थे। बड़ा अपमानजनक लगता ठाकुर साहब को यह सब। वह अन्दर-ही-अन्दर तिलमिलाते और कसमसाते, लेकिन स्वयं को असमर्थ पाते कुछ भी करने में। कल तक कभी जूती की धूल से ज्यादा नहीं समझा जिनके वजूद को ठाकुर साहब ने, आज गर्व से सिर उठाकर चलते उन लोगों का कैसे सामना करते वह, कैसे नजर मिलाते उनसे, स्थिति बदल गई थी एकदम से। कल तक ठाकुर साहब को रास्ते में आते देख जो लोग स्वयं ही एक ओर को हट जाते थे रास्ते से आज उन्हीं लोगों से स्वयं बचकर-कतराकर निकलने लगे थे ठाकुर साहब।

ठाकुर साहब को जीना बहुत कठिन लगने लगा था अब और हर दिन-हर क्षण जैसे मृत्यु की प्रतीक्षा रहने लगी थी। लेकिन मरने से पूर्व रजनी की शादी करके उसकी ओर से निश्चित हो जाना चाहते थे। लेकिन रजनी थी कि शादी करने को सहमत नहीं होती थी। रोज समझा-बुझाकर शादी के लिए सहमत करने की कोशिश करते उसको ठाकुर साहब, किन्तु रोज ही वह किसी-न-किसी तरह टाल जाती और चुप लगाना पड़ जाता ठाकुर साहब को। लेकिन रोज-रोज नई युक्तियाँ भी कहाँ से लाती वह, आखिर एक दिन उसने कह ही

दिया ठाकुर साहब से, 'मैं मानती हूँ पिताजी कि शादी एक आवश्यकता है जीवन की। किन्तु यदि जीवन में विवाह से भी ज्यादा अनिवार्य और महत्त्वपूर्ण कुछ और हो तो पहले वह किया जाना चाहिए।'

'लेकिन बेटी! विवाह की एक उम्र होती है और हर माँ-बाप चाहता है कि सही उम्र में ही हाथ पीले कर दे बेटी के और जिम्मेदारी से मुक्त हो जाए।' ठाकुर साहब ने रजनी को समझाने की कोशिश की।

'लेकिन पिताजी! क्या उम्र होने पर विवाह कर देने मात्र से ही जिम्मेदारी पूरी हो जाती है माता-पिता की अपनी सन्तानों के प्रति? उनके बच्चे सम्मान और स्वाभिमान से जीएँ, क्या यह सुनिश्चित करना जिम्मेदारी नहीं है उनकी?' रजनी ने प्रश्न किया।

रजनी के इस प्रश्न पर पहले ठाकुर साहब हकबकाए लेकिन फिर स्वयं को सँभालते हुए बोले, 'है बेटी! क्यों नहीं है। कौन माँ-बाप चाहता है कि उसके बच्चे सम्मान और स्वाभिमान से न जीएँ। अपनी ओर से पूरी कोशिश करते हैं सब अपने बच्चों के सुख-सम्मान के लिए।...लेकिन बेटी! तुम्हारे मन में क्यों उठी है यह बात? मैंने क्या कसर छोड़ी है तुम्हारे सुख और सम्मान के लिए? इतनी सारी मिल्कियत है, यह हवेली और ये बाकी ताम-झाम किसके लिए हैं ये सब? कौन उपयोग करेगा इन सबका तुम्हारे सिवाय।'

लेकिन ठाकुर साहब के ये शब्द कन्विंस नहीं कर पाए रजनी को। उसने पलटकर प्रश्न किया, 'क्या आप समझते हैं कि इस सबके बल पर सम्मान और स्वाभिमान मिल सकेगा मुझे?...यदि आप ऐसा समझते हैं तो यह आपकी भूल है पिताजी! समय तेजी से बदल रहा है। जिन लोगों का दमन और शोषण करके आपने यह मिल्कियत खड़ी की है, जिनको अपमानित और प्रताड़ित किया है आपने, आप देख रहे हैं कि आज वे लोग आपको घृणा और तिरस्कार से देखने लगे हैं। आपके द्वारा किए गए अपमान और उत्पीड़न की प्रतिक्रिया केवल आप तक सीमित नहीं होगी। उन शोषित-पीड़ित लोगों के मन में जो आक्रोश है, जो आग है, जो अत्याचार और बर्बरता के शिकार रहे हैं सदियों से, श्रम और सन्ताप ने तोड़ दिया है जिनको पूरी तरह, केवल आपसे ही घृणा नहीं करेंगी उनकी सन्तान। आप तो नहीं रहेंगे कल को, हम पर उतरेगा उनका क्रोध और आक्रोश, हमारे साथ बरती जाएगी घृणा और उपेक्षा। तब कैसे सम्भव हो सकेगा हमारे लिए सम्मान और स्वाभिमान से जीना।'

ठाकुर साहब यह मानने को तैयार नहीं थे कि उन्होंने किसी का शोषण या कोई ज्यादती की है और वह दोषी हैं। उन्होंने कहा, 'अपनी ओर से क्या किया है मैंने ? कुछ भी तो नहीं। परंपराओं का पालन किया मैंने तो, व्यवस्था के साथ जिया हूँ मैं तो बस। मेरा कसूर क्या है, मेरे ऊपर आक्रोश क्यों ?'

लेकिन रजनी के रुख में कोई परिवर्तन नहीं हुआ। वह अपनी बात पर दृढ़ थी, 'कसूर है आपका पिताजी ! बेकसूर नहीं हैं आप भी। यदि परंपराएँ गलत हों, जन-विरोधी हों, यदि व्यवस्था दोषपूर्ण हो, तो उसका विरोध किया जाना चाहिए। और यदि करने की सामर्थ्य या साहस नहीं हो तो भी कम से कम इतना तो किया ही जा सकता है कि हम स्वयं उस व्यवस्था और परंपराओं को न मानें। लेकिन ऐसा भी कहाँ किया आपने। आपने तो निर्वाह किया उस सड़ी-गली व्यवस्था का, उन जन-विरोधी परंपराओं का, जिन्होंने खंड-खंड और खोखला कर दिया है समाज को। जितना दोष इस व्यवस्था और परंपराओं को जन्म देने वालों का है, इनका निर्वाह करने वालों का दोष भी उनसे कुछ कम नहीं है। इसलिए दोषी हैं आप बराबर के, और आपके दोष का दण्ड न केवल आपको भोगना पड़ेगा, बल्कि हम भी अछूते नहीं रह पाएँगे उससे।'

रजनी के तर्कों का कोई जवाब नहीं था ठाकुर साहब के पास, कुछ बोलते नहीं बन पा रहा था उनसे। आज अपनी ही बेटी की अदालत में दोषी खड़े थे वह। ग्लानि हुई उन्हें स्वयं पर। उन्हें लगा कि और अधिक देर तक रजनी का सामना करने की हिम्मत उनमें नहीं है, इसलिए बातचीत को विराम की ओर मोड़ा उन्होंने, 'तो विवाह नहीं करोगी तुम ?'

'नहीं।' रजनी ने स्पष्ट शब्दों में इन्कार करते हुए कहा, 'नहीं, फिलहाल मेरे लिए विवाह से ज्यादा जरूरी है कि आपकी गलतियों के लिए प्रायश्चित करूँ मैं और उन दलित-पीड़ित लोगों से माफी माँगकर उनके गुस्से और आक्रोश को ठण्डा करने की कोशिश करूँ, जिनको आपने सताया है। आपके द्वारा किए गए अत्याचार और गुनाहों के कारण अपने माथे पर लगे कलंक को धोने का यही एक उपाय है। शायद तब ये लोग हमें स्वीकार कर पाएँ और हम भी सबके साथ मिलकर जी सकें। हमारा अस्तित्व उनकी स्वीकृति में है। यदि हमने प्रायश्चित नहीं किया, यदि हमने उनसे माफी नहीं माँगी, तो वे स्वीकार नहीं करेंगे हमें और समाज के बीच जीना कठिन होगा हमारा। इसलिए मेरे विवाह की बात छोड़िए पिताजी, और विचार कीजिए कि क्या मैं गलत हूँ ?

और यदि आपको मेरी सोच उचित दिखाई पड़े तो समाज के बीच जाइए आप भी, और माफी माँगिए उनसे अपनी ज्यादतियों के लिए। मैं नहीं समझती कि वे लोग इतने कठोर होंगे कि आपको माफ न कर सकें। आप सच्चे मन से खेद जताएँगे तो वे भी जरूर भूल जाएँगे उस घिनौने अतीत को, और तब सब आपस में मिल-जुलकर रह सकेंगे।'

उनकी अपनी ही बेटी, जिसकी हर इच्छा और सुख के लिए वह सदैव कुछ भी करने के लिए तत्पर रहते थे, उनकी उपेक्षा कर रही थी। इससे उनको दुख हुआ, लेकिन वह कुछ कर नहीं सकते थे। उन्होंने स्वयं को लाचार और निरुपाय महसूस किया।

'ठीक है बेटी, मैं विचार करूँगा।' बात को यहीं विराम दिया ठाकुर साहब ने और अपने कमरे में चले गए।

पन्द्रह

ऐसा ही होता है मेहनत-मजदूरी करने वाले लोगों का जीवन, कभी काम मिला, कभी नहीं मिला। काम मिलता रहे तो गुजारा होता रहता है और काम न मिले तो फाके की नौबत आते देर नहीं लगती। और यही स्थिति एक दिन सुक्खा और रमिया की भी हो गई।

कई दिन हो गए थे सुक्खा को काम की तलाश में भटकते हुए। रोज सवेरे नमक की रोटी और प्याज की गंठी कपड़े के एक नतने में बाँधकर वह घर से निकलता, दिन भर काम की तलाश में इधर-उधर भटकता और शाम होते-होते टूटे मन और थके पाँव वापस लौट जाता। घर में थोड़ा-बहुत आटा था, लेकिन वह भी कब तक चलता, दो-चार दिन में वह भी खत्म हो गया और फाके की स्थिति खड़ी हो गई।

'अब क्या हो?' बिना कपड़े और मकान के तो रहा जा सकता है, लेकिन बिना रोटी के नहीं रहा जा सकता। बाकी चीजों से पार पाया जा सकता है, लेकिन पेट की भूख से कब तक लड़ सकता है आदमी, कैसे शान्त करे अपनी क्षुधा को? जीवन-मरण का संकट पैदा हो गया था सुक्खा और रमिया के सामने। 'कैसे उबरें इस संकट से' बहुत सोच-विचार किया दोनों ने, लेकिन कोई उपाय न पाकर सुक्खा से बोली रमिया, 'यहाँ आकर कितने अलग-थलग से पड़ गए हैं हम! न किसी से खास मेलजोल है न बातचीत। मदद माँगें भी तो किससे माँगें?...गाँव में होते तो दो-चार टैम का पास-पड़ौस से माँग लेते, लेकिन यहाँ कौन देगा।'

'तू ठीक कहती है रमिया! हम बिल्कुल अकेले हैं यहाँ, और यही हमारी सबसे बड़ी समस्या है। गाँव में पूरी बिरादरी में चाहे कोई कितना भी मजबूर और परेशान रहा हो, लेकिन भूख से मरते नहीं देखा कभी किसी को। गाँव में तो बिना

माँगे ही मदद करते हैं लोग एक-दूसरे की।...हम भी यदि गाँव में होते तो और चाहे जो होता हमारा, लेकिन कम से कम भूखे तो नहीं मरते हम।' सुक्खा ने भी रमिया की बात का समर्थन किया।

'तो फिर क्यों नहीं लौट चलते गाँव को?' रमिया ने प्रस्ताव रखा। 'यदि गाँव में रहने की गुंजाइश होती तो गाँव छोड़कर आते ही क्यों हम।' आहत मन से बोला सुक्खा।

'क्या पता अब हालात बदल गए हों और ब्राह्मण-ठाकुरों का गुस्सा भी कुछ कम हो गया हो.।' रमिया ने आशा जताई।

लेकिन सुक्खा का मन आशंकित था। वह जानता था कि ब्राह्मण-ठाकुर के व्यवहार में बदलाव की आशा करना मूर्खता है। उसने रमिया से कहा, 'नहीं रमिया, दूर-दूर तक कोई उम्मीद नहीं है इस बात की।...और फिर गाँव में लौट भी जाएँ तो रहेंगे कहाँ? कोई ठौर-ठिकाना तो होना चाहिए कि नहीं?'

रमिया ने आशा नहीं छोड़ी। उसने फिर उत्साहित किया सुक्खा को, 'क्या पता ठौर-ठिकाना भी मिल जाए, चलकर देखो तो।'

'रमिया भोली है इसलिए ऊँच-नीच को ठीक से समझती नहीं है। यदि समझती तो ऐसा नहीं सोचती।' सुक्खा ने सोचा और रमिया को चेताते हुए बोला, 'कुछ सोच-समझकर बात किया कर रमिया। जिन लोगों ने कहीं का नहीं छोड़ा हमको, जिनकी बर्बरता और अत्याचारों के कारण आज यह हालत है हमारी। मनुष्यता के इन हत्यारों से दया की उम्मीद करती है तू। पूरे कसाई हैं ये तो, खून में रँगे हुए हैं इनके हाथ। ये हलाल तो कर सकते हैं बहाल नहीं।'

रमिया को लगा कि वह पानी से भरे किसी गहरे तालाब में गिर पड़ी है। उसके हाथ-पैर बँधे हैं। उसका डूबना निश्चित है। हताशा की रेखाएँ उसके चेहरे पर उभर आई थीं, 'तो क्या करोगे अब, कोई और उपाय है?'

'हाँ...एक उपाय सूझता है।' सुक्खा ने कुछ सोचते हुए कहा।

'क्या?...' जैसे छूटती साँसें फिर से लौट आई। उसने आशा और उत्सुकता से सुक्खा की ओर देखा।

सुक्खा ने सुझाया, 'चन्दन को बुलवा लिया जाए तो कैसा है? इतने दर्जे पढ़-लिख गया है वह, कोई न कोई नौकरी जरूर मिल जाएगी उसको। भूखों मरने से बचने का यही एक रास्ता सूझता है रमिया!'

'तुम ठीक कहते हो चन्दन के बापू! लेकिन चन्दन को बुलवाने में तो काफी समय लग जाएगा और क्या पता तब तक हम रहेंगे भी या नहीं।' रमिया ने अपनी आशंका व्यक्त की।

'तो फिर?' सुक्खा ने सवाल किया।

'क्यूँ न चन्दन के पास खुद ही चलें हम।' रमिया ने सुझाव दिया। रमिया का सुझाव सुक्खा को भी अच्छा लगा था, किन्तु चन्दन के पास तक पहुँचें कैसे, जबकि हाथ एकदम खाली थे। अपनी यह विवशता उसने रमिया को समझाई, 'राय तो तेरी ठीक है रमिया, और मेरा मन भी बेचैन है चन्दन से मिलने को। बहुत दिन हो गए हैं उसको देखे बिना। लेकिन पहुँचेंगे कैसे चन्दन के पास तक?...किराया-भाड़ा तो चाहिए कम से कम हाथ में।'

रमिया हर कठिनाई को झेलकर चन्दन के पास जाने के लिए बेचैन थी। 'इतनी सारी मोटर-गाड़ियाँ जाती हैं शहर को, मिन्नत कर देखेंगे कोई भला मानुस ले चलेगा तो ठीक है नहीं तो पैदल ही चले चलेंगे। दो-चार दिन में पहुँच ही जाएँगे गिरते-पड़ते।'

रमिया के इस व्यवहारिक सुझाव ने सुक्खा को भी उत्साहित कर दिया। 'जब रमिया पैदल चल सकती है तो मैं क्यों नहीं चल सकता। उससे तो अभी टांटा हूँ मैं।' उसने मन में सोचा और तुरन्त वह चलने के लिए तैयार हो गया। 'चल तो फिर तैयार हो जा जल्दी से, अभी निकल लेते हैं। कोई सवारी नहीं भी मिलेगी तो भी काफी दूरी तय कर लेंगे दिन ढले तक।'

रमिया तुरन्त सब काम छोड़कर अपने लत्ते-कपड़े समेटने में लग गई। सामान समेटने में सुक्खा भी उसकी मदद करने लगा। चन्दन के पास जाने की तैयारी कर ही रहे थे सुक्खा और रमिया कि रजनी आ पहुँची। उनको सामान समेटते-सहेजते देख कुछ समझ नहीं पाई वह। पैर ठिठक गए उसके और वह सोचने लगी, 'सामान क्यों समेट रहे हैं ये लोग?...कहीं यहाँ से भी तो नहीं जा रहे हैं कहीं को...लेकिन क्यों? मातापुर तो पिताजी व दूसरे लोगों के अत्याचारों के कारण छोड़ना पड़ा था इन लोगों को, पर यहाँ ऐसी कौन सी बात है? यहाँ से किस दबाव या जुल्म के कारण पलायन करना पड़ रहा है इनको? सोचते हुए एक शंका उसके मस्तिष्क में उभरी, 'कहीं पिताजी या अन्य लोगों ने इनके साथ यहाँ पर भी तो जुल्म और ज्यादती नहीं की या कराई है और उनके कारण ही यहाँ से भी उजड़ना पड़ रहा है इनको।...लेकिन

जाएँगे कहाँ यहाँ से भी उजड़कर ?...पता नहीं, कहाँ-कहाँ की ठोकरें खानी पड़ेंगी इनको।'

खड़ी-खड़ी सोच-विचार कर ही रही थी रजनी कि रमिया की नज़र पड़ गई उस पर। रजनी को देखते ही सामान समेटना छोड़ उसको बैठाने के लिए खाट बिछाते हुए बोली रमिया, 'रजनी बेटी तुम! आओ बैठो।'

सुक्खा ने भी सामान ज्यों का त्यों छोड़ा और वह भी रजनी के पास आ गया।

यह पहला मौका नहीं था जब रजनी उनके घर आई थी। चन्दन को चिट्ठियाँ भिजवाने और उसके पास से आने वाली चिट्ठियों को पढ़वाने का काम अभी भी रजनी के जरिए होता था, इसलिए प्राय: हफ्ता-दस दिन में चक्कर लग ही जाता था उसका। ठाकुर साहब के प्रति गुस्सा था सुक्खा और रमिया के मन में, लेकिन रजनी के प्रति कोई शिकायत नहीं थी उनको। रजनी उनको पूर्ववत मानती और आदर-सम्मान देती थी तथा सुक्खा और रमिया भी उतना ही स्नेह रखते थे उसके प्रति।

यूँ रजनी समानता और मानववाद की समर्थक थी पहले से ही, लेकिन स्वतंत्रता और समानता की स्थापना के लिए चन्दन की अगुवाई में उठ खड़े आन्दोलन ने उसे क्रियाशील होने के लिए प्रेरित किया। जैसे-जैसे आन्दोलन जोर पकड़ता गया, उसकी क्रियाशीलता बढ़ती गई। शुरू में मातापुर को ही अपना कार्य-क्षेत्र बनाया उसने और गाँव के दीन-दुखियों की सेवा, अशिक्षितों को शिक्षित करने तथा दलितों में स्व-सम्मान और स्वाभिमान की भावना जागृत करने के काम में जुट गई वह। लेकिन। धीरे-धीरे उसने अपने कार्य का विस्तार किया तथा मातापुर के अलावा अन्य गाँवों और कस्बों में जहाँ तक भी काम करना सम्भव हो सका उसके लिए, उसने काम शुरू किया।

हालाँकि समता के इस आन्दोलन के साथ रजनी के जुड़ने और उसकी सक्रियता के विरोधी थे ठाकुर साहब, और टोका भी था उन्होंने रजनी को इसके लिए, लेकिन रजनी भी जैसे जिद्दी सी हो गई थी। जितना ज्यादा ठाकुर साहब ने उसको रोकना चाहा उतनी ज्यादा उसकी सक्रियता बढ़ती गई, और जल्द ही वह आन्दोलन की एक प्रमुख कार्यकर्ता बन गई। चन्दन से भी जल्दी-जल्दी मिलना-जुलना होने लगा था उसका।

कुछ देर तक तो चुपचाप बैठी रही रजनी, लेकिन अधिक देर तक स्वयं को रोक नहीं सकी वह और पूछ ही बैठी सुक्खा से, 'बाबा! यह सामान क्यों समेट रहे हो आप लोग?'

एक क्षण को सोचा सुक्खा ने रजनी को सच बता दे या न बताए। फिर सोचा क्या छिपा है रजनी से, सब कुछ तो जानती है वह। महीने-पखवाड़े में जब भी कोई चिट्ठी आती है चन्दन के पास से या हम भिजवाते हैं अपनी ओर से चन्दन को तो रजनी ही तो लिखती-बाँचती है उनको।. ..और फिर हमारी विवशता को वैसे भी तो जानती है रजनी। गाँव से लेकर यहाँ तक, जब-जब हम पर कष्ट और मुसीबतें आई हैं रजनी ने ही तो मदद की है हमारी। फिर रजनी से सच बताने में कैसा संकोच। और सच कह दिया सुक्खा ने—'अब हम यहाँ से जा रहे हैं बेटी!'

'लेकिन क्यों?...मातापुर तो जुल्म और ज्यादती के कारण छोड़ना पड़ा था आपको, लेकिन यहाँ से क्यों जा रहे हैं आप?' रजनी ने पूछा।

'क्या बताएँ बेटी, कोई एक विवशता हो हम गरीबों की तो बताएँ भी। हम अभावों में पैदा होते हैं, जिन्दगी भर अभावों में जीते हैं और अभावों में ही मर जाते हैं।' सुक्खा ने अपनी पीड़ा बयान की।

यह निराशा ठीक नहीं है। हिम्मत से काम लेना चाहिए सुक्खा और रमिया को कम से कम यह देखते हुए तो कि चन्दन एक बड़े उद्देश्य में जुटा है। मन में ऐसा सोचकर उसने सुक्खा से कहा, 'मैं मानती हूँ बाबा कि आपका जीवन अभावों से भरा है। लेकिन यह अभाव तो जीवन भर सहा है आपने।'

सुक्खा जैसे हिम्मत हार चुका था। हथियार डालते हुए बोला वह, 'वक्त के थपेड़ों ने जर्जर बना दिया हमको लेकिन हिम्मत नहीं हारी हमने और संघर्ष करते रहे हम, लेकिन अब हिम्मत नहीं रही बेटी! हम टूट चुके हैं पूरी तरह।'

लेकिन रजनी ने उनको हिम्मत बधाई, 'टूटकर जुड़ना ही तो जीवन है। आप हिम्मत न हारें बाबा! अपनी टूटन और बिखराव को समेटकर स्वयं को जोड़ने की कोशिश करें। आप जैसे धैर्यवान व्यक्ति को तो साहस नहीं छोड़ना चाहिए।'

'कहती तो ठीक हो बेटी! लेकिन हारे-थके जीवन में साहस का संचार कैसे करें? इन लुंज-पुंज शरीरों में शक्ति कहाँ से प्रवाहित करें हम? तीन दिन हो गए घर में चूल्हा जले। बाकी सारे कष्टों को तो झेल लें हम, लेकिन पेट

की आग से कैसे पार पाएँ...।' अब तक जिस विवशता को बताने से बचना चाह रहा था सुक्खा अपनी वह विवशता रजनी से कह सुनाई उसने।

'बाबा!...' विस्मय से चौंकी रजनी। उसका मन भारी हो गया। 'इतने कष्ट में हैं आप और मुझे पता तक नहीं। चन्दन तो दूर है लेकिन मैं तो कितना पास थी। और मातापुर से भी लोग आते-जाते रहते हैं यहाँ, आपने किसी के हाथों खबर ही भिजवा दी होती मुझको। क्या मुझ पर भरोसा नहीं है आपको?' रजनी से पूछा।

'नहीं, ऐसी बात नहीं है बेटी! तुम पर पूरा भरोसा है हमें। क्या-क्या नहीं किया है तुमने हमारे लिए। हमारे संघर्ष में कितना तो सहयोग रहा है तुम्हारा, लेकिन ठाकुर साहब... ?' सुक्खा ने अपनी शंका व्यक्त करनी चाही।

ठाकुर साहब का जिक्र आते ही सुक्खा की बात को बीच में ही रोकते हुए बोली रजनी, 'मैं मानती हूँ बाबा कि पिताजी ने बहुत जुल्म ढाए हैं आप पर और उसी के कारण आपको घर से बेघर होकर दर-दर की ठोकरें खानी पड़ी हैं और आज यह हालत हो गई है आपकी। पिताजी के व्यवहार से बहुत लज्जित और दुखी हूँ मैं। आपके मन में पिताजी के प्रति घृणा और गुस्सा होना स्वाभाविक है, गलत नहीं मानती मैं उसे। लेकिन इसमें मेरा दोष क्या है? उनके अकृत्यों की सजा मुझे क्यों देना चाहते हैं आप?'

सुक्खा को लगा उसके शब्दों से रजनी आहत हुई है जबकि उनका उद्देश्य ऐसा कदापि नहीं था। रजनी को तो वे अपने बच्चे की तरह ही प्यार करते थे। सजा? और वह भी रजनी को? यह तो कभी सपने में भी नहीं सोच सकता वह। वह तुरन्त बोला, 'क्या कह रही हो रजनी बेटी! तुम तो जैसी ठाकुर साहब की बेटी, वैसी हमारी हो। ठाकुर साहब के प्रति हमारे मन में गुस्सा है इससे इन्कार नहीं करते हम, लेकिन तुमसे कोई शिकायत नहीं है हमें। ठाकुर साहब की गलतियों की सजा उनको मिले यह हम जरूर चाहेंगे, लेकिन यह तो कभी भूल से भी मत सोचना बेटी कि ठाकुर साहब की गलतियों के लिए तुमको सजा देना चाहेंगे हम। तुम्हारे लिए तो खुशी-खुशी अपने प्राण भी दे सकते हैं हम। तुम तो करुणा और त्याग की मूर्ति हो रजनी बेटी। हम पर बिजली गिरे यदि तुम्हारे विषय में कुछ भी अशुभ सोचें हम। चन्दन से कम नहीं मानते हम तुम्हें।'

रजनी भी जानती थी कि सुक्खा और रमिया उसे बहुत मानते हैं। निरंतर मिलते-जुलते इतना घुल-मिल गई थी वह उनसे और इतना प्यार हो गया था कि चन्दन की तरह वह भी उनको अपने माता-पिता के समान मानने लगी थी। अपने मन

की इसी भावना के चलते अधिकार के स्वर में बोली वह, 'तो फिर मेरी बात मानिए और चन्दन के पास जाने का विचार त्याग दीजिए आप लोग। दलित लोगों को शिक्षित करने में लगा है चन्दन, उनको न्याय और समानता दिलाने के लिए संघर्ष कर रहा है वह। गाँव-गाँव, शहर-शहर समानवादी आन्दोलन की जो चिंगारी सी दिखाई देती है, चन्दन ने ही जन्म दिया है इसको, वही अगुवाई कर रहा है इस आन्दोलन की। अधिक से अधिक समय इस आन्दोलन के जरिए सुप्तप्राय समाज को जगाने तथा बराबरी का दर्जा पाने हेतु उठ खड़ा होने के लिए प्रेरित और प्रोत्साहित करने में लगा रहा है वह। आज सामाजिक क्रांति का प्रतीक बन गया है चन्दन। उसकी एक आवाज पर खुशी-खुशी अपना सब कुछ त्यागने को तैयार हैं लोग। समाज में जो बदलाव आता दिखाई दे रहा है आज चन्दन को ही श्रेय हैं इसका। समाज से अन्याय और असमानता को मिटाकर सवर्ण-अवर्ण, सछूत-अछूत, अमीर-गरीब और मालिक-मजदूर सबको एक समान धरातल पर लाने तथा समाज में खुशहाली और भाईचारा बढ़ाने के लिए कार्य कर रहा है चन्दन। आपके वहाँ जाने से उसका ध्यान इन कार्यों की ओर से हटकर आप पर केन्द्रित हो सकता है और मैं नहीं समझती कि इससे आन्दोलन प्रभावित हुए बिना रह सकेगा।'

'वह सब तो ठीक है रजनी बेटी!' सुक्खा ने कुछ कहना चाहा, 'लेकिन... ?'

सुक्खा क्या कहना चाहता था रजनी इस बात को समझती थी, उसने सुक्खा से ही सवाल किया, 'बाबा! क्या आप चाहेंगे कि चन्दन कहीं नौकरी करके अपना और आप लोगों का पेट पाले और एक आम आदमी की तरह जीवन बिताए? या आप चाहेंगे कि चन्दन की शिक्षा का लाभ समाज को भी मिले तथा समाज में और बहुत से चन्दन पैदा हों?'

सुक्खा को यह जानकर मन ही मन बहुत सुख और गर्व का अनुभव हुआ कि उनका बेटा इतना बड़ा काम कर रहा है। उसे वर्षों पुरानी अपनी ही कही वह बात याद हो आई जब उसने रमिया से कहा था, 'देख लेना रमिया एक दिन चन्दन बहुत बड़ा आदमी बनकर हमारा नाम रोशन करेगा।' उसकी वह बात सच हो रही है। 'अब तक चन्दन हमारा बेटा था, अब लोग हमें चन्दन के माँ-बाप के रूप में जानेंगे, हमारा सम्मान करेंगे।' सुक्खा ने सोचा और रजनी से बोला, 'अपने लिए तो सभी करते हैं, इंसानियत की खूबी तो इसी बात में है कि आदमी दूसरों के भी काम आए। चन्दन की पढ़ाई-लिखाई का लाभ समाज को भी मिले इससे ज्यादा खुशी की बात और क्या हो सकती है हमारे लिए।'

सुक्खा से वह यही अपेक्षा रखती थी। सुक्खा के मुँह से ये शब्द सुन उसे बहुत अच्छा लगा। उसने सुक्खा से कहा, 'तब समाज के हित में चन्दन का त्याग करना होगा आपको। समाज को आपके इस त्याग की जरूरत है।'

चन्दन के यश और कीर्ति से पुलकित और अभिभूत सुक्खा ने तुरन्त कहा, 'इससे उजर नहीं है हमें। समाज का हित हमारे हित के पहले है। अपने हित की खातिर समाज के हित की अपेक्षा नहीं कर सकते हम।...पहले हम सोचते थे कि चन्दन पढ़-लिखकर किसी बड़े ओहदे पर पहुँचे, सुख-सम्मान से जीए और हमें भी सहारा दे। लेकिन यदि समाज को उसकी जरूरत है और वह समाज की जरूरत को पूरा कर रहा है तो हमें कोई हक नहीं है कि हम इस कार्य में आड़े आएँ। हम तो निपट गँवार रहे रजनी बेटी! यदि वह पढ़-लिखकर इंसान बना है और इंसानियत के काम आ रहा है तो इससे अच्छी बात और क्या होगी। इंसानियत से बड़ा कोई ओहदा नहीं होता और इंसानियत के काम आने से बढ़कर कोई धर्म नहीं। रजनी बेटी! कोई हैसियत नहीं दर-दर की ठोकर खा रहे और रोटी तक के लिए मुँहताज इस बीमार और लाचार बूढ़े की। हमारी आशाओं का केन्द्र, हमारे जीवन का आधार, चन्दन ही है हमारा सब कुछ। यदि समाज को जरूरत है तो अब से चन्दन को समाज के लिए छोड़ता हूँ मैं।' और फिर रमिया की ओर देखकर बोला, 'क्यों रमिया! तू क्या कहती है?'

'तुमसे अलग थोड़े ही चलूँगी मैं। तुमने जो फैसला कर लिया वही मेरा भी फैसला है।' कहकर रमिया ने भी सुक्खा के फैसले पर अपनी मोहर लगा दी।

सुक्खा और रमिया के मुख से यह निश्चय सुनकर उसे बहुत अच्छा लगा, 'तब मेरे ऊपर रहा आज से आप लोगों का दायित्व। मेरे साथ चलें आप, मेरे रहते कोई कष्ट नहीं होगा आपको।' रजनी ने उनसे कहा।

'कहाँ ले जाओगी हमें बेटी?' सुक्खा ने पूछा।

'मातापुर, और कहाँ?' रजनी ने तपाक से कहा।

'लेकिन... ?' कुछ कहना चाहा सुक्खा ने, लेकिन बात बीच में ही काट दी रजनी ने, 'आप चलकर देखिए बाबा! पहले जैसा नहीं रह गया है अब मातापुर। लोग सम्मान और स्वाभिमान से जीने लगे हैं। एक नई जागृति सी आ गई है लोगों में। पुरानी परंपराएँ दम तोड़ रही हैं तथा अन्याय और शोषण की संस्कृति की जगह न्याय और समता की संस्कृति का अभ्युदय हो रहा है मातापुर में।'

और इससे पहले कि सुक्खा आगे कुछ कहता रमिया बोल उठी, 'सुना तो मैंने भी कुछ ऐसा ही है चन्दन के बापू! पैंठ बाजार में आने वाले मातापुर के लोगों के मुँह से कि हवा बदल गई है गाँव में। पंडित-पुरोहितों को कोई नहीं पूछता, अब कोई 'पांय लागी' नहीं करता उन्हें। ठाकुर-जमींदारों के प्रति भी कोई भय नहीं रह गया है अब किसी के मन में। किसी के साथ भी कोई जुल्म या ज्यादती नहीं होती अब।'

सुनकर सुखद आश्चर्य हुआ सुक्खा को, 'क्या यह सच है रजनी बेटी?'

'हाँ बाबा! यह सच है। काणा पण्डित और दुर्गादास सब गाँव छोड़ चुके हैं।' रजनी ने बताया।

'और ठाकुर साहब?' उनके विषय में भी जानना चाहा सुक्खा ने।

रजनी ने बताया, 'उनके तेवर भी पहले जितने तीखे नहीं रह गए हैं अब। बदलते माहौल के अनुसार पूरी तरह भले ही न ढाल पाए हों वह स्वयं को लेकिन परिस्थितियों से समझौता करने लगे हैं अब वह भी। दमन और शोषण के साम्राज्य का अन्त हो गया है और सब लोग आपस में अमन और चैन से रहने लगे हैं।'

एकाएक रजनी की बातों पर विश्वास नहीं हुआ सुक्खा को। ऐसा कैसे हो सकता है? यदि ऐसा है तब निश्चित रूप से यह किसी चमत्कार से कम नहीं है। उसने उत्सुक होकर पूछा, 'और मेरा घर,...मेरा छप्पर, उसका क्या हुआ?'

'खाली पड़ा है आपका घर बाबा! किसी का कब्जा नहीं है अब उस पर। दुर्गादास ही गाँव छोड़कर चला गया है तब किसका कब्जा? वह आपका है और आप उसमें रह सकते हैं।' रजनी ने बताया।

'और मेरा खेत?' सुक्खा की उत्सुकता बढ़ी।

'आज उसी के बारे में तो बताने आई थी मैं आपको।' रजनी बोली। 'क्या बताने आई थी बेटी! बताओ।' सुक्खा जानने को बेताब सा हो उठा।

रजनी ने बताया, 'खेत पर भी आपका हक वापस मिल गया है आपको।'

आश्चर्य हुआ सुक्खा को यह सुनकर, 'लेकिन कैसे?...मैं तो बेदखल हो चुका था खेत से।'

'बेदखली लगान न चुकाने के कारण हुई थी न?' रजनी ने पूछा। 'हाँ।' सुक्खा ने कहा और यह जानने के लिए कि रजनी आगे क्या कहने वाली है, उसने अपनी नजरें रजनी के चेहरे पर गड़ा दीं। रजनी ने बताया, 'आप पर जो लगान बाकी था, वह सब चुका दिया है मैंने, अब कोई बकाया नहीं है आपकी ओर।'

'क्या ?...' क्षण भर को विस्मय और कृतज्ञता से रजनी की ओर देखता रह गया सुक्खा, फिर बोला, 'तुमने इतना सब कर डाला और हमें आज तक कुछ भी नहीं बताया। धन्य हो तुम रजनी बेटी! जुग-जुग जीओ तुम। तुम्हारा यह उपकार जीवन भर नहीं भूलेंगे हम।' रजनी की दयालुता और सज्जनता के समक्ष नत-मस्तक हो गया सुक्खा।

वह रजनी के पैरों में गिरने को हुआ कि उसको बीच में ही रोककर ऊपर उठाते हुए बोली रजनी, 'क्या कह रहे हो बाबा! इसमें उपकार की कौन-सी बात है। यह तो कर्तव्य था मेरा और अपना कर्तव्य ही मैंने निभाया है। आप पर जितने जुल्म ढाए गए हैं तथा जितने जख्म आपको मिले हैं उनको भरने के लिए यह तो कुछ भी नहीं है बाबा! मेरे पूर्वजों द्वारा किए गए अकृत्यों के कारण मेरे मस्तिष्क पर जो कलंक लगा है उसको धोने के लिए यदि मैं अपना सब कुछ भी आपके लिए न्यौछावर कर दूँ तो भी शायद कम होगा। इसलिए मैंने जो कुछ भी किया है वह आप पर उपकार नहीं, अपितु मेरे पूर्वजों द्वारा आपके साथ किए गए अन्याय का प्रायश्चित है।'

जीवन भर घृणा, अपमान और उत्पीड़न झेलने के बावजूद सुक्खा के मन में दुर्भावना जैसी कोई बात नहीं थी। उसने कहा, 'ऐसा मत सोचो बेटी! हमारे मन में ऐसी कोई बात नहीं है। हमारी तो यही कामना है कि लोग कटुता और कठोरता त्याग कर प्रेम और सद्‌भाव के साथ रहें, दूसरों को सम्मान दें तथा खुद भी सम्मान के साथ जीएँ।'

सुक्खा की सोच बहुत उपयुक्त लगी रजनी को। सच में परस्पर प्यार और सद्‌भाव से बढ़कर कोई चीज नहीं है। उसने सुक्खा को आश्वस्त किया, 'आप चलकर देखेंगे बाबा, मातापुर में ऐसा ही माहौल है आज।'

सुक्खा को यकीन था कि रजनी का आश्वासन झूठा नहीं हो सकता। वह मातापुर चलने के लिए तैयार हो गया। 'यदि ऐसी बात है तो हम मातापुर जरूर चलेंगे बेटी! कितना अच्छा लगेगा अपने लोगों के बीच चलकर रहना।'

और अपना सामान समेटकर उसी दिन रजनी के साथ मातापुर वापस लौट आए सुक्खा और रमिया।

सोलह

बहुत दिन हो गए थे चन्दन को अपने घर गए। पिछले काफी दिन से घर जाकर अपने माता-पिता से मिलने को बेचैन था वह लेकिन सामाजिक गतिविधियों में अत्यधिक व्यस्त रहने के कारण कभी गाँव तक जाने का समय नहीं निकाल सका। जब भी वह घर जाने का कार्यक्रम बनाता, कोई-न-कोई ऐसा काम आ टपकता कि उसके लिए वह काम जरूरी हो जाता और उसका घर जाना टल जाता। लेकिन रह-रहकर सुक्खा और रमिया की याद उसे सताती रहती और वह सोचता, 'मैं तो यहाँ मजे में हूँ लेकिन माँ और बापू न जाने कैसे होंगे। कितने दिन हो गए हैं उनसे मिले हुए।' फिर सोचता, 'गाँव जाऊँगा तो कम-से-कम दो-चार दिन तो लगेंगे ही वहाँ, जबकि इधर एक-एक दिन में क्या से क्या हो रहा है। समानता और न्याय पाने को आतुर लोग कुछ भी कर गुजरने पर उतारू हैं। कितना तो समझाता हूँ सबको कि खुद को काबू में रखें और हिंसा को न अपनाएँ, अहिंसक तरीके से ही आन्दोलन को आगे बढ़ाएँ। लेकिन इसके उपरांत भी कितने ही लोग उत्साह के अतिरेक में बहकर स्वयं को रोक नहीं पाते और हिंसा पर उतर आते हैं। आए दिन हिंसा और तोड़-फोड़ की कोई न कोई घटना घट ही जाती है। हमारा उद्देश्य है—समानता, समाज के सब लोग सब क्षेत्रों में समान हों। और इस उद्देश्य की प्राप्ति के लिए हमें शान्तिपूर्ण और अहिंसक तरीके से संघर्ष करना है, पुलिस और प्रशासन से टकराना नहीं चाहते हम। 'क्रीमी लेयर' हमसे खफा है और वह हमारे आन्दोलन को असफल करना चाहता है, लेकिन हिंसक घटनाएँ होंगी तो पुलिस-प्रशासन भी हमारे खिलाफ सक्रिय होगा और हमारे लिए आन्दोलन को सफलतापूर्वक आगे बढ़ाना कठिन होगा। इसलिए कहीं मेरे गाँव जाने पर इन दो-चार दिनों में ही कोई बड़ी घटना न घट जाए।' यह सब सोच-विचार कर कई दिन तक इसी असमंजस में पड़ा

रहा चन्दन कि घर जाए या न जाए। लेकिन उसने सोचा समाज के साथ-साथ माता-पिता के प्रति भी मेरी कुछ जिम्मेदारियाँ हैं। मैं उनको रोटी-कपड़ा, सुख-चैन नहीं दे पाता कम से कम एक-दो दिन के लिए उनके पास जाकर उनका हाल-चाल तो पूछना ही चाहिए। इससे भी उनको काफी सन्तोष मिलेगा और वह भी उनकी ओर से निश्चिन्त रहकर समाज के प्रति अपनी जिम्मेदारियाँ निभाने में लग सकता है। और अन्ततः घर जाने का मन बना ही लिया उसने।

हरिया को अपने घर जाने का विचार बताया तो उसने भी कहा—'जाओ बेटा! घर जरूर जाओ। काम तो लगा ही रहेगा, अपने घर-परिवार को भी देखना चाहिए।'

'मन तो कहता है बाबा, कि माँ और बापू के साथ रहकर उनकी देखभाल करूँ, उन्हें सुख और आराम दूँ। लेकिन कैसे करूँ सब? बड़ी दुविधा में हूँ मैं। जैसे-तैसे समाज में अपने हक और उत्थान के प्रति चेतना आई है। मेरी थोड़ी-सी निष्क्रियता से कहीं सब कुछ गड्ड-मड्ड न हो जाए। इसलिए यदि चाहूँ कि जल्दी-जल्दी जाकर उनकी खैर-खबर लेता रहूँ तो वह भी सम्भव नहीं है मेरे लिए। चन्दन ने अपनी विवशता बतलाई।

हरिया ने उसे समझाया, 'चन्दन बेटा! तुम्हारी जरूरत तुम्हारे माता-पिता को भी है समाज को भी। दोनों तुमसे अपेक्षा रखते हैं, दोनों तुम्हारी ओर देखते हैं। दोनों में से किसी की भी उपेक्षा करना उचित नहीं होगा। इसलिए मेरी मानो तो एक काम करो।'

'क्या?...।' पूछते हुए उसने हरिया की ओर देखा।

हरिया ने सुझाव दिया, 'तुम अपने माता-पिता को यहाँ लिवा लाओ। इस उम्र में उनको तुम्हारी बहुत जरूरत है। वहाँ पर वे तुम्हारे बिना खुद को अकेला-अकेला-सा महसूस करते होंगे, यहाँ तुम्हारे पास रहेंगे तो उनको भी शकुन मिलेगा और तुम्हारे कार्यों में भी कोई अवरोध नहीं आएगा।'

हरिया का सुझाव उचित लगा चन्दन को भी, वह बोला, 'आप ठीक कहते हो बाबा! यही उचित होगा। मैं आज ही गाँव को जाता हूँ और माँ व बापू को साथ लेकर आता हूँ।' और उसी दिन गाँव के लिए प्रस्थान कर गया चन्दन।

मातापुर पहुँचकर वहाँ का माहौल देखा तो आश्चर्य से दंग रह गया चन्दन। सहसा उसे विश्वास नहीं हुआ कि यह उसका अपना गाँव है—वही मातापुर जिसे छोड़कर वह गया था। जहाँ पर कुछ वर्ष पहले तक ठाकुर-जमींदार तथा बनिया-

ब्राह्मणों के सामने चारपाई पर बैठने की हिम्मत नहीं होती थी कभी चमारों की, आज वे उम्र के लिहाज से सिरहाने या पांयत में उनके साथ चारपाई पर बैठे थे। जहाँ पर छुआछूत को धार्मिक आदेश की तरह माना जाता था कभी, आज वहाँ सभी जातियों के लोग बिना किसी भेदभाव के एक-दूसरे के साथ खा-पी रहे थे। जिस मातापुर में अवर्ण जाति से लेकर भंगी तक सब जातियों की बारातें धूमधड़ाके के साथ निकल रही थीं। कुछ वर्ष पहले तक दलित-मजदूर लोग ठाकुर-जमींदारों के सामने थर-थर काँपते थे और सदैव डरे-सहमे से रहते थे आज वे लोग निर्भय और बेखटके सीना तानकर चल रहे थे। यह सब देखकर अभिभूत हो गया चन्दन।

जिस समय वह अपने घर पहुँचा रमिया बर्तन मौज रही थी और सुक्खा पास ही चारपाई पर बैठा हुक्का गुड़गुड़ा रहा था। चन्दन को देखते ही बर्तनों को जहाँ का तहाँ छोड़कर उठ खड़ी हुई रमिया और लपककर चन्दन को गले से लगा लिया। खुशी से उसकी आँखों में आँसू उमड़ आए। कभी चन्दन के सिर पर हाथ फेरती, कभी उसे चूमती और कभी छाती से लगाती रमिया। अंतर में उमड़ आई ममता से सराबोर हो वह जैसे पागल-सी हो गई थी। होती भी क्यों न उसकी यह हालत, जिसके सुख के लिए जीवन भर अभाव और यातनाएँ सही उसने, जिसको अपनी कोख से जन्म दिया, उसको ठण्ड से बचाने के लिए खुद रात-रात भर ठण्ड से ठिठुरी वह, जिसको लेकर तरह-तरह की कल्पनाएँ कीं उसने और जो उसके जीवन का आलम्ब रहा वर्षों से आज वही चन्दन—उसकी एकमात्र सन्तान, एक मुद्दत बाद उसकी आँखों के सामने था।

मन में उमड़े वात्सल्य के आवेग को रोक नहीं पाया सुक्खा भी। उसकी भी आँखें गीली हो आईं। अपने आँसुओं को कुर्ते से पोंछा उसने और रमिया से बोला—'भली मानस, कुछ खाने-पीने का तो इंतजाम कर या रोती ही रहेगी। कितने दिन बाद अपत्य की सूरत देखी है, कुछ शकुन कर। पानी-वानी दे हाथ-मुँह धोने को और मुँह मीठा करा पहले।'

'अभी करती हूँ सब कुछ। तुम तनिक दूध लाओ कहीं से मैं खीर के लिए पानी रखे देती हूँ।' और कहकर रमिया काम में जुट गई।

जैसे कोई उत्सव हो, थोड़ी-सी देर में स्त्री-पुरुष और बच्चों की भीड़-सी लग गई सुक्खा के घर। सबके लिए जैसे कोई अजूबा था चन्दन। हर कोई उसके पास बैठने को, उससे बात करने और उसे छूने को लालायित था।

एक अरसे के बाद माँ के हाथों का बना खाना खाने को मिला था चन्दन को। भूखे शेर की भाँति खाने पर टूट-सा पड़ा वह। रमिया परोसती जाती थी और वह खाता जाता था, जैसे वर्षों से भूखा रहा हो वह और अपनी सारी भूख को आज ही मिटा लेना चाहता हो।

जिस-जिसको भी पता चला गाँव में सबने आकर हाल-चाल पूछा चन्दन का। दिन-भर लोगों से घिरा रहा वह और देर रात तक आना-जाना लगा रहा लोगों का। रात को जब फुरसत और एकांत मिला तो उसने सुक्खा और रमिया से कहा—'आप लोगों को अपने साथ शहर ले चलने के लिए आया हूँ मैं।'

'लेकिन क्यों? हमारे यहाँ रहने में क्या दिक्कत है?' सुक्खा ने पूछा।

'यह आप कहते हैं न बापू! हो सकता है आपको यहाँ किसी तरह का कोई कष्ट नहीं हो। लेकिन मेरे लिए जीवन-भर कितने अभाव और कष्ट भोगे हैं आपने, थोड़े से वर्षों में ही कितना परिवर्तन हो गया है आप दोनों में। आप तो जीवित कंकाल से दिखाई देते हैं और माँ...वह भी कौन-सी अच्छी है। समय की मार से वह भी तो जर्जर हो चुकी है पूरी तरह से। हर माँ-बाप की तरह आपकी भी कुछ आशाएँ रही होंगी मुझसे, लेकिन आपकी आशाओं को मूर्त नहीं कर सका हूँ मैं, इसका अफसोस है मुझे। इस उम्र में भी आपको इतना परिश्रम करना पड़ता है, मैं चाहता हूँ कि आप लोगों के साथ रहकर आपकी सेवा करूँ, आपको कुछ सुख और आराम दूँ।' कहकर उसने सुक्खा और रमिया की ओर देखा।

सुक्खा को रजनी द्वारा बताई बातें याद हो आईं कि चन्दन कितना बड़ा काम कर रहा है। उसका कितना नाम और मान-सम्मान है समाज में। उससे अपना वह निश्चय भी याद हो आया जो उसने रजनी के सामने किया था चन्दन के बारे में। वह बोला, 'तुम मन लगाकर अपने काम को अंजाम दो यही हमारी सबसे बड़ी सेवा है। रही हमारी बात, सो उससे बिल्कुल बेफिक्र रहना तुम। रजनी हमारी जितनी देखभाल करती है और हमारी सुख-सुविधा का जितना ख्याल रखती है, उसके चलते तुम्हारी कमी कभी नहीं खलती हमें। तनिक भी कोई कष्ट नहीं होने देती वह हमें। कितना दुर्बल और कृशकाय हो गया था मैं बीमारी से, लेकिन यह रजनी की सेवा का ही परिणाम है कि आज तुम्हारे सामने भला-चंगा हूँ। ठाकुर साहब की बेटी भले ही हो वह, लेकिन जितनी आत्मीयता

उसे हमसे है और जितनी चिन्ता उसे हमारी रहती है उतनी ठाकुर साहब की भी नहीं रहती होगी।'

रजनी के विषय में अच्छी तरह जानता था वह कि ठाकुर साहब के स्वभाव से पूर्णतः विपरीत तथा मानवीयता से ओत-प्रोत है उसका मन। दलित और दरिद्र लोगों के उत्थान के प्रति एक आग है उसके अन्दर तथा समाज की सेवा के निमित्त अपना सब कुछ न्यौछावर करने को तैयार है। और अपनी भावनाओं को मूर्त रूप देने के लिए समानवादी आन्दोलन से भी सक्रिय रूप से जुड़ी है वह। लेकिन, समाज के हित में ठाकुर साहब से भी टकरा जाएगी वह और दूसरों की सेवा और सुख के लिए इतना बड़ा त्याग करने को तत्पर होगी इसका अनुमान उसे नहीं था। इसलिए सुक्खा के मुख से रजनी के विषय में यह सब सुनकर आश्चर्यचकित रह गया चन्दन, 'बापू! यह आप क्या कह रहे हैं?'

'मैं सच कह रहा हूँ बेटा!' सुक्खा ने बताया, 'रजनी ने नया जीवन दिया है हमें। फाके के कारण भूखे मर गए होते हम यदि रजनी ने हमारी मदद नहीं की होती। रजनी ने ही उद्धार किया है हमारा और वही कस्बे से यहाँ वापस लिवाकर लाई है हमें। और यहाँ भी खाने-पीने से लेकर दवा-दारू तक हर चीज का इन्तजाम वही करती है हमारे लिए।'

'आपके लिए इतना सब किया उसने और मुझे कभी बताया तक नहीं। जबकि इस बीच कई बार मिली भी है वह मुझे बैठकों में।' चन्दन आश्चर्य से सुक्खा की ओर देखे जा रहा था।

सुक्खा ने आगे बताया, 'यह उसका बड़प्पन है बेटा! तुम्हारे मिशन के साथ जुड़कर अपने उसूलों के लिए अपने पिता तक का विरोध किया है उसने। ठाकुर साहब में आज जो बदलाव दिखाई दे रहा है रजनी ही है इस सबके पीछे। ठाकुर साहब की मानसिकता को बदलने के लिए जाने कितने और क्या-क्या उपाय किए हैं उसने।...यह रजनी ही है बेटा जो अपने सुख और ऐश्वर्य का त्याग करके दुखियों को सुखी बनाने में जुटी है। अपना सब कुछ दीन-दुखियों की सेवा के लिए न्यौछावर कर दिया है उसने। सरल नहीं है इतना बड़ा त्याग करना।'

रजनी के प्रति कृतज्ञता से भर गया चन्दन। उसने सोचा, 'कितनी भिन्न है रजनी दूसरों से, कितनी ममता और करुणा है उसके मन में दीन-दलितों के प्रति। सामाजिक कल्याण और सद्भाव के प्रति उसका आग्रह ही तो है कि अपने सुख और वैभव को त्यागकर दीन-दलितों के हित और उत्थान के लिए दर-दर

की खाक छानने का रास्ता चुना है उसने, वरना उसे क्या पड़ी थी।...दूसरों के साथ-साथ खुद माँ और बापू के साथ भी उसने जितना कुछ किया है उतना तो मैं भी नहीं कर पाता शायद।'

'इस सबके लिए उसे रजनी के प्रति आभार व्यक्त करना चाहिए।' मन में ऐसा विचार कर वह रजनी से मिलने उसके घर गया और उसके प्रति कृतज्ञता ज्ञापित करते हुए बोला, 'तुमने समाज के लिए और विशेष रूप से मेरे माँ और बापू के लिए जो कुछ किया है और कर रही हो, उसके लिए मैं तुम्हारा शुक्रिया कैसे अदा करूँ रजनी, मैं तुम्हारा ऋणी हूँ।'

रजनी को चन्दन की यह औपचारिकता अच्छी नहीं लगी। औपचारिकता अपनत्व को कम करती है जबकि वह चन्दन के साथ औपचारिक नहीं अपनत्व रखती थी और अपनत्व के कारण ही वह उसके माता-पिता के प्रति भी अपनत्व रखने लगी थी। उसने चन्दन की इस औपचारिकता का प्रतिवाद किया, 'कैसी बातें करते हो चन्दन। मनुष्य-मनुष्य के काम नहीं आएगा तो कौन आएगा। मनुष्य की मदद करना तो मनुष्य का पहला धर्म है। वह मेरा धर्म था, इसमें कृतज्ञता की कौन-सी बात है। जहाँ तक तुम्हारे माँ और बापू का सम्बन्ध है, तुम्हारी अनुपस्थिति में कोई तो उनकी देखभाल करने वाला होना चाहिए था। तुम्हारे आने वाले पत्रों को पढ़ते-पढ़ते और तुमको पत्र लिखते-लिखते तुम्हारे परिवार के कितना नजदीक आ गई हूँ मैं और कितना अपनापन-सा हो गया है मुझे तुम्हारे परिवार के साथ, उतना गाँव में शायद किसी और को न हो। तुम्हारी माँ और बापू की सेवा करने में मुझे कितना सुख मिलता है यह तुम नहीं जान सकते।'

'मैं तुम्हारी भावनाओं की कद्र करता हूँ रजनी! और तुम्हारे निस्वार्थ त्याग के समक्ष नतमस्तक हूँ लेकिन...।' कुछ कहना चाहा चन्दन ने कि बीच में ही बोल उठी रजनी, 'जो आग तुम्हारे अन्दर है वह मेरे अन्दर भी है चन्दन! अन्याय और शोषण के खिलाफ मैं भी हूँ। मैं भी सबको समान और खुशहाल देखना चाहती हूँ और इसीलिए तुम्हारे आन्दोलन के साथ भी जुड़ी हूँ मैं। मेरी कोशिश होगी कि मैं अपने दायित्व का निर्वाह पूरी निष्ठा और ईमानदारी से कर सकूँ...और तनिक ठहरकर, 'मैं चाहती हूँ कि सामाजिक नवनिर्माण के इस पवित्र अभियान में मैं भी तुम्हारे साथ कन्धे से कन्धा मिलाकर चलूँ लेकिन मेरे अन्दर न उतनी सामर्थ्य है और न उतनी ऊर्जा। किन्तु फिर भी यथासम्भव जितना भी मैं कर

सकती हूँ उससे कभी पीछे नहीं हटूँगी मैं।...तुम्हें सारे समाज को देखना है, इसके लिए जरूरी है कि तुम हर ओर से निश्चिन्त और मुक्त रहो। तुम्हारे ऊपर अपने माँ और बापू का दायित्व है, मैं चाहूँगी कि तुम उस दायित्व से मुक्त रहो और उनकी देखभाल में अपनी ओर से कोई कसर बाकी नहीं छोड़ूँगी मैं।...माँ बचपन में ही मर गई थी इसलिए जीवन में माँ का प्यार नहीं पा सकी कभी, पिताजी के दबंग स्वभाव के कारण उनसे कभी बनी नहीं और इसलिए मानसिक स्तर पर उनसे ज्यादा सम्पर्क और लगाव नहीं रहा मेरा। तुम्हारे माँ व बापू को ही अपने माता-पिता की जगह मानती हूँ मैं, उन्हीं के प्यार और स्नेह की छाया में रही हूँ मैं अब तक, उनकी सेवा करने में मुझे खुशी होगी।'

रजनी उसकी माँ व बापू को इतना मानती है, उनके साथ इतना भावनात्मक लगाव रखती है इसकी उसने कल्पना भी नहीं की थी। उसका मन रजनी के प्रति कृतज्ञता और सम्मान से भर उठा, 'तुमको तुम्हारी खुशी से वंचित नहीं रखना चाहूँगा मैं, लेकिन इतना जरूर कहूँगा कि माँ और बापू के साथ-साथ ठाकुर साहब की ओर भी तुम बराबर ध्यान दो और उनकी सेवा में कोई कमी नहीं आने दो।'

लेकिन रजनी का मन ठाकुर साहब के प्रति आक्रोश से भरा था। वह बोली, 'अपनी ओर से उनकी देखभाल में भी कोई कमी नहीं छोड़ूँगी मैं, लेकिन उन्होंने लोगों को जितना सताया है और जितना शोषण किया है, उसकी सजा जरूर मिलनी चाहिए उन्हें।'

चन्दन आक्रोश की बजाय शान्ति और प्रेम का पक्षधर था। वह परिवर्तन चाहता था, लेकिन हिंसा से नहीं अहिंसा और प्रेम से। उसने रजनी को समझाया, 'सजा कोई समाधान नहीं है रजनी। सजा देने की बजाय व्यक्ति के सुधार का प्रयास किया जाना चाहिए। व्यक्ति को उसकी गलती का अहसास हो जाए और वह अपनी गलती को सुधार ले, इससे अच्छी कोई बात नहीं हो सकती। मैंने महसूस किया है कि ठाकुर साहब को अपने किए के प्रति ग्लानि और पछतावा है। कल ठाकुर साहब की मानसिकता दूषित थी, लेकिन यदि आज उनकी मानसिकता में बदलाव आया है या आ रहा है तो यह शुभ का संकेत है और इसका स्वागत किया जाना चाहिए।'

रजनी चन्दन की इस समझ और सदाशयता की जैसे कायल हो गई। बोली, 'पिताजी की यातनाओं का स्वयं शिकार होकर भी उनके प्रति कोई कड़ुवाहट

नहीं है तुम्हारे मन में। तुम्हारा अहित करने में कौन-सी कमी की थी उन्होंने। तुम्हारे मन में इसके प्रति भी कोई हिंसा नहीं, कोई शिकायत नहीं! सचमुच तुम्हारा हृदय विशाल है, तुम महान को चन्दन!'

चन्दन ने अपनी बात और खोलकर रजनी के समक्ष रखी, 'हिंसा का जवाब हिंसा नहीं है रजनी! हिंसा का जवाब अहिंसा से दिया जाना चाहिए। हमारा संघर्ष न्याय और समानता के लिए है। अतीत में हमारे साथ कैसा सलूक किया गया है हम उस पर जाना नहीं चाहते, क्योंकि उससे कोई अच्छा परिणाम निकलने की आशा नहीं है। हम विरोध नहीं सामंजस्य चाहते हैं। हम चाहते हैं कि सभी लोग अपने विरोध और मतभेदों को भुलाकर तथा सारे द्वेष और मालिन्य को मिटाकर परस्पर प्यार और सद्भाव से साथ-साथ चलें, एक-दूसरे के दुख-दर्द में भागीदार बनें, एक-दूसरे के हित के साधक बनें तथा एक-दूसरे को सम्मान दें। अपने दुखद अतीत को भुलाकर हम अपने वर्तमान भविष्य के जीवन को सुखी बनाना चाहते हैं। दूसरे लोगों ने हमारे साथ जैसा व्यवहार किया है यदि हम भी उनके साथ वैसा ही व्यवहार करेंगे तो हममें और उनमें अन्तर ही क्या रह जाएगा। इसीलिए हमारी कोशिश होनी चाहिए कि हम स्वयं को नियंत्रित रखें तथा क्रोध और घृणा की जगह विनम्रता और प्यार से काम लें।'

और भी बहुत सी बातें हुईं दोनों में—कुछ जग की, कुछ अपनी। अन्य बातों के अलावा रजनी से मिलकर सुक्खा और रमिया की ओर से आश्वस्त हुआ था चन्दन लेकिन फिर भी सुक्खा से कहा था उसने—'यह ठीक है कि रजनी पूरा ख्याल रखती है आपका, लेकिन मेरा भी तो कुछ दायित्व बनता है आपके प्रति। यदि मैं आप लोगों की सेवा नहीं कर सका और इस उम्र में भी आपकी देखभाल नहीं कर सका तो फिर मेरे होने का क्या औचित्य है आपके जीवन में।

चन्दन के इन शब्दों से सुक्खा का मन गद्गद हो उठा। वह बोला, 'ऐसा मत सोचो बेटा! समाज व्यक्ति से बड़ा होता है और ज्यादा महत्त्वपूर्ण भी। समाज में ही हम सब हैं इसलिए तुम समाज के लिए जो कुछ कर रहे हो वह हमारे लिए भी है। समाज के हित में हमारा भी हित है और समाज के सुख में ही हमारा भी सुख है। हम तुमको समाज के लिए समर्पित करने का निर्णय ले चुके हैं और यह निर्णय हमने अपने विवेक से और अपनी इच्छा से समाज के हित में लिया है। हमारे निर्णय की पत रखो बेटा! और हमें अपना निर्णय बदलने को मजबूर मत करो। हाँ, जब तुम समझो कि तुम्हारा ध्येय पूरा हो गया है और समाज को

तुम्हारी जरूरत नहीं रह गई है, तब तुम जहाँ चाहोगे हम वहाँ रहेंगे। सब बुजुर्ग स्त्री-पुरुषों को अपने माता-पिता मानो और उनकी जरूरत में उनके काम आओ, हमारे लिए यही सब कुछ है।'

'काश, सब माँ-बाप ऐसे हों जो अपनी सन्तानों के सुख के लिए इतना त्याग करें। यदि ऐसा होता तो हमारा समाज बहुत पहले अपनी इस स्थिति से उबर गया होता।' चन्दन ने सोचा और बोला, 'आपकी प्रत्येक इच्छा को पूरा करना मेरा पहला धर्म है। आपने अपनी इच्छा से यदि यह निर्णय लिया है तो आपसे अपने निर्णय को बदलने के लिए नहीं कहूँगा मैं। आपका हर निर्णय मेरे सिर-आँखों पर है।'

और दो-तीन दिन मातापुर में रहकर वापस शहर लौट गया चन्दन।

सत्रह

ठाकुर साहब सोचते थे कि जिन लोगों का उन्होंने शोषण किया है, जिनको दबाया-कुचला है, समर्थ होने पर वे लोग जरूर उनसे घृणा करेंगे और अपने साथ हुए अन्याय और अपमान का बदला लेंगे। उनका मन प्राय: आशंकित रहता था यह सोचकर। किन्तु उनको यह देखकर आश्चर्य हुआ कि किसी ने उनके साथ ऐसा व्यवहार नहीं किया। प्रारंभ में जरूर कुछ लोगों ने उपेक्षा का भाव जताया था उनके प्रति, किन्तु जब चन्दन गाँव में आया तो उसने लोगों को समझाया था, 'हम व्यवस्था के विरोधी हैं व्यक्ति के नहीं। हमारी लड़ाई व्यवस्था के खिलाफ है, किसी व्यक्ति से कोई द्वेष नहीं है हमें। यदि कोई व्यक्ति इसमें बाधक होगा तो उसका विरोध अवश्य किया जाएगा, फिर वह चाहे कोई भी हो। हम न्याय और समता के पक्षधर हैं और समानता प्राप्त करने के लिए हमें व्यवस्था को बदलना है, क्योंकि हमारी समाज व्यवस्था अन्याय और असमानता को जन्म देने वाली है। लेकिन व्यवस्था को बदलने का मतलब व्यवस्था को उलटना नहीं है। आज जो आक्रोश दूसरों के प्रति हमारे मन में है, व्यवस्था को उलटने से वही आक्रोश कल को हमारे प्रति दूसरों के मन में पैदा होगा और समाज के अन्दर अशान्ति और कलह बनी रहेगी। जबकि हम चाहते हैं कि सारा समाज सदैव शान्ति और सद्भाव से मिल-जुलकर रहे। इसलिए हमें किसी के प्रति घृणा या उपेक्षा का भाव नहीं रखना है। हमें चाहिए कि हम दूसरों के साथ वैसा ही व्यवहार करें जैसा हम अपने लिए चाहते हैं।'

चन्दन की बात का जादू का सा असर हुआ था लोगों पर और उस दिन के बाद किसी ने घृणा या उपेक्षा का व्यवहार नहीं किया किसी के साथ। ठाकुर साहब के साथ भी लोग सद्भावपूर्ण व्यवहार करने लगे थे। लोगों से ऐसा व्यवहार मिलने की कल्पना तक नहीं की थी ठाकुर साहब ने। अपने प्रति लोगों

का यह व्यवहार देखकर उनका मन उनके प्रति कृतज्ञता और सम्मान से झुक गया और स्वयं से ही घृणा और ग्लानि होने लगी थी उन्हें। लोगों का सामना करने की हिम्मत उनमें नहीं रह गई थी।

एक तो वृद्ध-अवस्था ऊपर से ग्लानि और घुटन ने टिका सा दिया था ठाकुर साहब को। स्वयं में उलझे, स्वयं में डूबे वह प्रायः हवेली में पड़े रहते थे। जीवन से ऊब से गए थे और अपनी ही दृष्टि में उन्हें अपना जीवन अर्थहीन और बोझ-सा लगने लगा था। जीवन के इस बोझ को जब तक सह सके उन्होंने सहा किन्तु जब सहना अत्यधिक कठिन लगने लगा तो एक दिन अपने जीवन को समाप्त करने का निर्णय किया और घर से निकलकर जंगल की ओर चल पड़े। उनके खेतों के पास ही एक बहुत पुराना और गहरा कुआँ था। लोगों का ज्यादा आना-जाना भी उधर को नहीं होता था। खुदकुशी के लिए उपयुक्त स्थान मानकर लोगों की नजरों से बचते-बचाते उस कुएँ की दिशा में ही बड़े चले जा रहे थे ठाकुर साहब।

संयोग से सुक्खा भी उस समय अपने खेत पर ही था। कुएँ की ओर जाने वाला रास्ता सुक्खा के खेत के पास से होकर गुजरता था। महीनों से ठाकुर साहब को हवेली से बाहर निकलते नहीं देखा था उसने, इसलिए आज अचानक संध्या के झुटपुटे में तेज कदमों से कुएँ की ओर जाते देखा ठाकुर साहब को तो माथा ठनका सुक्खा का—'कहीं कोई अनिष्ट करने तो नहीं जा रहे हैं ठाकुर साहब?' उसने सोचा और उनके पीछे-पीछे लपका तेजी से वह भी। उसकी आशंका एकदम सही निकली। कुएँ के पास पहुँचकर एक बार इधर-उधर देखा ठाकुर साहब ने और कुएँ की मन पर चढ़ गए। कुएँ में छलाँग लगाना ही चाहते थे वह कि फुर्ती से आगे बढ़ा सुक्खा और उनको अपनी बाँहों में जकड़ लिया, 'यह क्या कर रहे हो ठाकुर साहब?'

ठाकुर साहब ने सोचा था कि उनको किसी ने नहीं देखा है, लेकिन अचानक स्वयं को सुक्खा की बाँहों में पाया तो थोड़ा सहमे और सकपकाए वह, और फिर सुक्खा की बाँहों से मुक्त होने के लिए कसमसाते हुए बोले, 'तुमने क्यों रोक लिया? मुझे मर जाने दो सुक्खा!'

सुक्खा ने अपनी बाँहों की पकड़ को और मजबूत करते हुए कहा, 'नहीं ठाकुर साहब! जीवन जीने के लिए होता है नष्ट करने के लिए नहीं। खुदकुशी करना तो हिंसा है--अपने प्रति, आपको यह हिंसा नहीं करने देंगे हम।'

ग्लानि से ग्रस्त ठाकुर साहब सुक्खा की बाँहों से मुक्त होने के लिए फिर कसमसाए, 'मैं इस धरती पर एक बोझ हूँ सुक्खा! मेरा मर जाना ही अच्छा है।'

अपनी पकड़ को पूर्ववत् रखते हुए बोला सुक्खा, 'लेकिन क्यों? ऐसा क्यों सोचते हैं?'

ठाकुर साहब ग्लानि के बोझ से दबते जा रहे थे, 'मेरे कर्म मुझे धिक्कारते हैं। मैंने तुम लोगों के साथ जो जुल्म और ज्यादती की है उसके अपराधबोध से कैसे उबरूँ मैं। शायद यही सजा है मेरी कि सड़कर कीड़े पड़ें मेरी लाश में और चील-कौए नोंच-नोंचकर खा जाएँ मुझे।'

सुक्खा ने उनको उबारने की कोशिश की, 'ऐसा नहीं कहते ठाकुर साहब! गलती तो इंसान का स्वाभाविक धर्म है। दुनिया में ऐसा कोई आदमी नहीं मिलेगा जिससे कभी कोई गलती न हुई हो।...अतीत की उन सब बातों को भूल चुके हैं हम लोग, आपके प्रति कोई मैल नहीं है हमारे मन में। आप भी सब कुछ भूल जाइए ठाकुर साहब! और समानता का व्यवहार करते हुए प्यार-मुहब्बत और भाईचारे के साथ रहिए सबके साथ।'

ठाकुर साहब जैसे हथियार डाल चुके थे। थके से शब्द उनके मुख से निकले, 'लेकिन किस मुँह से जाऊँ मैं लोगों के सामने? कैसे नजरें मिलाऊँ उनसे, इतनी हिम्मत नहीं है मुझमें।'

सुक्खा ने उनकी हिम्मत बँधाई, 'सब लोगों को अपना बराबर का भाई मानिए और अपने अन्दर के अहंकार को मिटाकर साफ मन से लोगों के सामने चलिए, लोग सिर-आँखों पर लेंगे आपको। सम्मान ही सम्मान को जन्म देता है ठाकुर साहब! आप दूसरों का सम्मान करेंगे तो कोई वजह नहीं कि आपको सम्मान न मिले।' और समझा-बुझाकर ठाहुर साहब को वापस गाँव में लौटा लाया सुक्खा।

'इतने अत्याचार सहकर भी इतनी सदाशयता।' ठाकुर साहब ने सोचा और सुक्खा के समक्ष अपना समग्र अस्तित्व बहुत बौना सा लगा उनको। यह भी सोचा उन्होंने कि नितांत निर्धन होते हुए भी कितना सुख और सन्तोष है सुक्खा के पास, जबकि इतना सब कुछ होते हुए भी सुख और सन्तोष के नाम पर क्या है उनके पास...केवल शून्य ही तो।...क्या है सुक्खा के सुख और सन्तोष का आधार—सबको अपना मानकर और सबका होकर रहना, यही तो...। और जैसे उनके अन्त:करण से आवाज आई 'सचमुच! यही तो है जीवन का असली ढंग।'

और अपने मन में निश्चय किया उन्होंने कि 'अब से मैं भी यही ढंग अपनाऊँगा जीवन का।'

अगले ही दिन गाँव की पंचायत बुलाई ठाकुर साहब ने और केवल अपने गुजारे लायक थोड़ी-सी जमीन अपने पास रखकर अपनी सारी जमीन गाँव के गरीब और खेतीहीन मजदूरों में बाँट दी उन्होंने और दूसरे लोगों की तरह अपने हाथों से खेतों में काम करना शुरू कर दिया। बाद में हवेली का भी त्याग कर दिया उन्होंने और एक छोटे से मकान में रहना शुरू किया। सुक्खा के यह कहने पर कि हवेली को छोड़कर इस मकान में रहने की क्या जरूरत थी, ठाकुर साहब ने कहा था—'सब लोग जैसे मकानों में रहते हैं, वैसे ही मकान में रहना चाहिए मुझे भी। तभी तो सबके साथ बराबरी का अनुभव कर पाऊँगा मैं। यदि सबके पास हवेली नहीं है, तो मैं अकेला ही हवेली में क्यों रहूँ। ऐसा करना समानता के सिद्धान्त का उल्लंघन होगा। यह अन्याय नहीं सह सकता मैं अब।'

शुरू में बड़ा कठिन और विचित्र लगा था ठाकुर को सब कुछ, लेकिन धीरे-धीरे आदत पड़ती चली गई उन्हें, और थोड़े दिन में ही गाँव के लोगों के साथ पूरी-तरह घुल-मिल गए वह। कुछ दिन पहले जो जीवन त्रासद और रसहीन सा लगता था ठाकुर साहब को अब रस और उल्लास से भर गया था। सबके साथ घुल-मिलकर हँसी-खुशी रहने लगे थे वह। जीवन के प्रति किसी तरह की कोई निराशा अथवा शिकायत नहीं थी उनके मन में। अब तक समाज से बिलकुल अलग-थलग से रहे थे ठाकुर साहब, अपनी ही दुनिया में सिमटे हुए। न किसी से अपने सुख-दुख की कह सकते थे, न किसी की सुनते थे। लेकिन अब वह समाज का एक अंग बन गए थे और हर अच्छे-बुरे कार्य में समाज के सहभागी थे। सबके साथ उठना-बैठना, खाना-पीना और सबके सुख-दुख में हाथ बँटाना बड़ा अच्छा लगता था उनको। इतना आनन्ददायक हो सकता है समानता और सह-अस्तित्व का जीवन, इसकी कल्पना तक नहीं थी उनको।

लोगों द्वारा 'ठाकुर साहब' का सम्बोधन करना भी अच्छा नहीं लगता था अब उन्हें। एक दिन सुक्खा ने उनको 'ठाकुर साहब' कहकर सम्बोधित किया तो उन्होंने टोका उसे—'देखो सुक्खा! बराबरी का मतलब है हर क्षेत्र में बराबरी। मान-सम्मान का ढंग भी बराबरी का होना चाहिए। 'ठाकुर साहब' के सम्बोधन में अलगाव और असमानता की गंध सी आती है, जबकि 'हरनाम' कहने में एकता और समानता की खुशबू का अहसास होता है। मैं नहीं चाहता कि हमारे

बीच अब किसी तरह का अलगाव अथवा असमानता रहे। जातिगत अथवा धर्म के सूचक किसी गोत्र अथवा उपनाम का भी अपने नाम के साथ प्रयोग नहीं करें हम, केवल मनुष्यता का रिश्ता हो हमारे बीच। मनुष्यता ही हमारा गोत्र हो, मनुष्यता ही हमारी जाति और मनुष्यता ही हमारा धर्म हो। इसलिए मेरा तुमसे अनुरोध है सुक्खा कि मुझे ठाकुर साहब नहीं, हरनामसिंह भी नहीं, केवल हरनाम कहकर पुकारो तुम, जैसे मैं तुम्हें 'सुक्खा' कहता हूँ।'

ठाकुर साहब के मुख से यह सब सुनकर उनके प्रति आत्मीयता से विभोर हो गया सुक्खा। उसने कुछ कहना चाहा, 'ठाकुर साहब...।'

'ठाकुर साहब नहीं, हरनाम कहो—हरनाम...।' ठाकुर साहब ने बीच में टोका।

'हरनाम' कहना चाहा सुक्खा ने लेकिन जीवन भर 'ठाकुर साहब' कहने की अभ्यस्त जिह्वा से ठाकुर साहब के लिए एकाएक 'हरनाम' का सम्बोधन निकालने में कठिनाई हुई सुक्खा को। इसलिए चाहते हुए भी उसके मुख से 'हरनाम' शब्द नहीं निकल सका। अन्दर से पूरा जोर लगाकर वह 'हरनाम' शब्द को बाहर धकेलता लेकिन वह गले में आकर अटक जाता। बार-बार ओठ खुलते उसके लेकिन फिर बन्द हो जाते।

ठाकुर साहब ने देखा कि परंपरागत भाव-बोध से उबर नहीं पा रहा है सुक्खा, तो सुक्खा का हौसला बढ़ाया उन्होंने, 'कहो सुक्खा, कहो। तुम नहीं जानते मुझे कितना अच्छा लगेगा तुम्हारे मुँह से अपने लिए 'हरनाम' का सम्बोधन सुनकर।'

इस बार प्रयास करके कहा सुक्खा ने, 'हरनाम...'

'फिर से कहो सुक्खा!' ठाकुर साहब ने उत्साहित किया सुक्खा को।

'हरनाम!' फिर कहा सुक्खा ने।

'ओह सुक्खा, मेरे भाई।' और कहने के साथ ही सुक्खा को गले से लगा लिया ठाकुर साहब ने।

अठारह

गाँव से अकेले लौटा चन्दन तो बड़ा विस्मय हुआ हरिया और कमला दोनों को और पूछा उन्होंने, 'अपने माता-पिता को साथ नहीं लाए तुम! क्या हुआ? सब ठीक-ठाक तो हैं?

'हाँ, सब ठीक-ठाक हैं।' चन्दन बोला।

'फिर उनको साथ क्यों नहीं लाए तुम?' हरिया ने पूछा।

चन्दन ने सुक्खा और रमिया के साथ हुई पूरी चर्चा उनको सुना दी। 'वे वहीं रहना चाहते हैं। उनकी इच्छा है कि मैं अपना पूरा ध्यान अपनी पढ़ाई और समाज के कार्यों में लगाऊँ और समाज के काम आऊँ।'

चन्दन के मुँह से उसके माता-पिता के ये विचार सुनकर बहुत सुखद आश्चर्य हुआ हरिया को। वह बोला, 'उनके विचार तो बहुत ऊँचे और महान हैं, लेकिन उनकी देखभाल कौन करेगा वहाँ?'

चन्दन ने बताया, 'रजनी है उनकी देखभाल के लिए। उसने उनकी जिम्मेदारी अपने ऊपर ले ली है।'

इस बीच हरिया किसी काम में लग गया था। रजनी का नाम सुनकर चौंकी कमला और पूछा उसने, 'यह रजनी कौन है?'

'मेरे गाँव के ठाकुर हरनाम सिंह की बेटी है, मेरे बचपन की साथी। स्कूल में साथ-साथ पढ़े थे हम लोग। बापू के जितने पत्र आते हैं मेरे पास, रजनी ही लिखती है उन सबको, और मेरे भेजे हुए पत्रों को भी वही पढ़कर सुनाती है माँ और बापू को। बड़ी अच्छी और सहृदय लड़की है। जन्म जरूर ठाकुर हरनाम सिंह के घर में हुआ है उसका, लेकिन उसके संस्कार एकदम अलग हैं अपने पिता से। बड़ी दया और करुणा है उसके मन में। दीन-दुखियों की सेवा में लगी रहती है रात-दिन। माँ और बापू को अपने माता-पिता की तरह ही मानती है वह, और वे भी बहुत चाहते हैं उसे।' चन्दन ने बतलाया।

रजनी के विषय में यह सब सुना तो हतप्रभ रह गई कमला और बोली, 'तब तो औरत नहीं कोई देवी है वह।'

'सचमुच त्याग और करुणा की देवी है वह—तुम्हारी तरह।' चन्दन ने प्रशंसा से कमला की ओर देखा।

कमला ने स्वयं को रजनी की तुलना में बहुत कमतर महसूस किया। 'मेरा-उसका मुकाबला कहाँ बाबू साहब!...कहाँ वह पढ़ी-लिखी और सभ्य तथा जीवन के तौर-तरीकों को जानने वाली और कहाँ मैं असभ्य और गँवार।'

चन्दन ने उसे समझाया, 'ऐसा नहीं कहते कमला! केवल शिक्षा ही श्रेष्ठता का आधार नहीं है। इतने सारे सन्त हुए हैं वे कहाँ के पढ़े-लिखे थे। कबीर और रैदास कौन से स्कूल में पढ़े थे, लेकिन ज्ञान और गुणों में बड़े-बड़े मनीषी और पंडित बराबरी नहीं कर सकते उनकी। व्यक्ति का महत्त्व उसके कर्म से तथा कर्म के प्रति निष्ठा और ईमानदारी से होता है। मैं मानता हूँ कि रजनी का त्याग बहुत ऊँचा है लेकिन तुम जो कुछ कर रही हो वह भी कुछ कम नहीं है।'

लेकिन कमला की नजरों में रजनी का त्याग कहीं ज्यादा बड़ा था। हालाँकि रजनी से उसकी कोई प्रतिस्पर्धा नहीं थी और प्रतिस्पर्धा का विचार भी उसके मन में नहीं था, लेकिन चन्दन पर किसी और का भी अधिकार हो यह वह हरगिज नहीं चाहती थी। किन्तु इसके बावजूद अपनी भावनाओं को दबाया उसने और बोली, 'भूखे व्यक्ति द्वारा रोटी के लिए हाथ-पैर मारने तथा पेट-भरे व्यक्ति द्वारा भूखे को रोटी दिलाने के लिए संघर्ष करने में बड़ा अंतर है बाबू साहब! समता और सम्मान हमारी जरूरत है। रजनी को यह सब पहले से उपलब्ध है, उसको अपने लिए कोई जरूरत नहीं है इस सबकी। इसीलिए हमारे द्वारा समता और सम्मान के लिए संघर्ष करने की तुलना में हमारे संघर्ष में रजनी द्वारा सहयोग ज्यादा महत्त्वपूर्ण और श्रेयस्कर है। उसका त्याग वंदनीय है। रजनी ने इतना त्याग किया हमारे लिए तो हमें भी चाहिए कि हम उसकी भावनाओं का सम्मान करें तथा उसके हर प्रकार के हित और कल्याण में सहायक हों। इसके अलावा, हमारी यह भी कोशिश होनी चाहिए कि रजनी को कभी यह अहसास तक न होने पाए कि उसको कम महत्त्व दिया जा रहा है या उसकी उपेक्षा की जा रही है।'

'कितनी विनम्रता और सहजता है कमला में। कौन किसी के बारे में सोचता है इतना।' चन्दन ने सोचा। कमला के प्रति उसके मन में और ज्यादा सम्मान पैदा

हो गया। वह बोला, 'रजनी को तुम नहीं जानतीं कमला! वह ऐसी नहीं है। उसकी सोच का दायरा बहुत बड़ा है।'

कमला को लगा कि चन्दन के मन में एक संकोच है। उसके संकोच को दूर करते हुए उसने असली बात कही, 'उसकी सोच की कद्र करती हूँ मैं और उसके आगे नत-मस्तक हूँ। मैं मानती हूँ कि तुम रजनी को काफी कुछ जानते-पहचानते हो, लेकिन तुम एक पुरुष हो बाबू साहब! नारी-मन को नहीं समझ सकते तुम। रजनी ने तुम्हारे लिए, तुम्हारे माता-पिता के लिए तथा तुम्हारी भावनाओं के साथ जुड़कर समाज के लिए जो कुछ किया है और कर रही है तथा इस सबके लिए अपने पिता तक की उपेक्षा की है उसने, तो इसका मतलब है कि वह तुम्हें प्यार करती है—और पूरे प्राण-पण से करती है। उसके प्यार को समझो बाबू साहब!'

कमला के मुँह से रजनी के प्यार की बात सुनकर अचंभित सा हुआ चन्दन। उसने कभी इस दृष्टि से सोचा ही नहीं था। एक स्त्री क्या सोचती है उसके विषय में एक स्त्री ही बेहतर और जल्दी समझती है। शायद कमला ठीक कह रही हो, उसने सोचा, किन्तु फिर भी इसे स्वीकार करने से बचता हुआ बोला, 'क्या कह रही हो कमला! मुझे तो कभी ऐसा कुछ दिखाई नहीं दिया और मैंने भी इस बारे में कभी कुछ नहीं सोचा। मेरा तो उसके प्रति भी वैसा ही व्यवहार रहा है जैसा तुम्हारे प्रति रहा है।'

कमला को लगा कि चन्दन इस सच को स्वीकार करने से इसलिए बच रहा है कि उसे बुरा न लगे या उसका मन आहत न हो। अपनी ओर से चन्दन को निश्चित रहने को आश्वस्त करती बोली वह, 'बचपन से लेकर अब तक तुम्हारी भावनाओं के साथ जुड़ी रही है वह, और उन्हीं के अनुरूप जीती रही है बाबू साहब! तुम्हारे जीवन के सफर की सहयात्री है रजनी। जहाँ तक मेरा सवाल है, सफर का एक पड़ाव भर हूँ मैं तो। और केवल इतना ही महत्त्व होता है पड़ाव का कि थोड़ी देर के लिए यात्री वहाँ ठहरे, विश्राम करे और पुनः चल दे अपने पथ पर। लेकिन सहयात्री साथ-साथ चलता है—अन्तिम पड़ाव तक, बराबर कष्ट और थकान सहते हुए।...इतने दिन आपके सम्पर्क में रहने का अवसर मिला मुझे, इसे ही अपने जीवन का सबसे बड़ा सौभाग्य समझूँगी मैं।'

'कमला!...' कुछ कहना चाहा चन्दन ने लेकिन उसको बोलने का अवसर दिए बिना अपना कहना जारी रखा कमला ने, 'तुम्हारी पढ़ाई थोड़े-बहुत दिनों में पूरी हो जाएगी, और समाज की शिक्षा और उत्थान के जिस उद्देश्य के लिए संघर्ष किया तुमने, वह उद्देश्य भी काफी आगे बढ़ चुका है। लोग मिल-

जुलकर प्यार से रह रहे हैं। वर्ण और जाति के बन्धन ढीले पड़ रहे हैं। ऊँच-नीच की भावना से ऊपर उठकर लोग परस्पर मान-सम्मान और भाईचारे के साथ रहने लगे हैं। समाज के प्रति अपनी जिम्मेदारी को अंजाम दे चुके हो तुम। मैं समझती हूँ कि अब पढ़ाई पूरी करने के बाद तुमको अपने माता-पिता और रजनी की ओर भी देखना चाहिए। वे भी तुम्हारी ओर देखते हैं।'

'और तुम ?....तुम्हारा क्या होगा।' चन्दन ने पूछा।

कमला के मन में कुछ टूटा जरूर और उसकी आँखें नम हो आईं। लेकिन स्वयं को सँभाल लिया उसने और आँखों में उमड़ आए आँसुओं को अन्दर ही अन्दर पीती हुई बोली, 'तुम मेरे बारे में इतना सोचते हो यही काफी है मेरे लिए। इससे ज्यादा और कुछ नहीं चाहिए मुझे।...मेरे पास खिल्लर है—जीवन का आलम्ब है। उसके साथ खाते-खेलते और बोलते-बतियाते जिन्दगी कट जाएगी मेरी। लेकिन रजनी को आलम्ब चाहिए। इसलिए मेरी नहीं उसकी ओर देखिए बाबू साहब!' उसका गला भर आया था। और कुछ क्षण भी वह चन्दन के समक्ष रहती या कुछ बोलती तो उसकी रुलाई छूट पड़ती। इसलिए तुरन्त काम के बहाने रसोई में चली गई कमला और सोचता रह गया चन्दन।

हालाँकि कमला के शब्दों ने मथकर रख दिया चन्दन को। उसने महसूस किया कि कमला के मन को ठेस पहुँची है इससे, और उसे लगा है कि रजनी की प्रशंसा करके उसकी उपेक्षा की है उसने, उसे ऐसा नहीं करना चाहिए था। यह सब सोचकर कई दिन तक उद्विग्न बना रहा वह और सोचता रहा कि कमला से बात करके उसे समझाएगा कि वह उसको मानता है और उसे महत्त्व देता है। लेकिन कभी अपनी और कभी कमला की व्यस्तता के कारण कमला से कोई संवाद नहीं हो सका उसका। और इससे पहले कि कमला से उसका संवाद हो पाता, कमला नहीं रही थी।

एक दिन एक जनसभा को सम्बोधित करके मंच से उतर रहा था चन्दन कि अचानक समाज विरोधी और दूषित मानसिकता वाले किसी व्यक्ति ने चन्दन को जान से मारने की नीयत से लाठी से प्रहार किया सिर पर। अन्य साथियों के अलावा कमला भी चन्दन के साथ थी उस समय। चन्दन के सिर पर लाठी आते देखी कमला ने तो चीते की सी फुर्ती से एक झटके से चन्दन को धक्का दिया उसने। दूर जाकर पड़ा चन्दन। चन्दन तो बच गया लेकिन लाठी सीधी कमला के सिर पर आकर पड़ी और इससे पहले कि कोई कुछ समझ पाता कमला ढेर हो चुकी थी।

हालाँकि हमलावर को तुरन्त पकड़कर पुलिस के हवाले कर दिया गया और समाज के सभी वर्गों के लोगों ने इस घटना की निन्दा की, लेकिन चन्दन को जो आघात लगा इस घटना से वह असहनीय था। बहुत दिन तक इस आघात की पीड़ा से उबर नहीं सका वह। रह-रहकर उसके मन में यह विचार उभरता, 'कहीं मैं ही तो जिम्मेदार नहीं हूँ कमला की मौत का?' कहीं आने-जाने को भी उसका मन नहीं होता था। न जाने और कितने दिन तक इसी स्थिति में पड़ा रहता वह कि एक दिन हरिया ने ही समझाया उसे, 'जो हो गया उसे भूल जाओ चन्दन बेटा! दुखी रहने से कोई लाभ नहीं होगा। मुझे देखो, मेरे दिल पर कितनी तगड़ी चोट पड़ी है कमला की मौत से, लेकिन फिर भी जिन्दा हूँ मैं। क्योंकि मैं जानता हूँ कि हमारे मरने से भी कमला वापस नहीं आ सकती। फिर क्यों न दिल पर पत्थर रख लें हम लोग।'

चन्दन भी जानता था कि सदा-सर्वदा के लिए कोई नहीं आता इस धरती पर, जिसका जन्म है उसकी मृत्यु निश्चित है। लेकिन मृत्यु के लिए कुछ उम्र तो होनी चाहिए। और फिर कमला की मृत्यु कोई साधारण मृत्यु नहीं थी उसके लिए, यह उसकी शहादत थी—समाज के प्रति, चन्दन के प्रति।

कमला की मृत्यु पर एक विशाल शोक-सभा आयोजित की चन्दन ने। रजनी को भी खबर देकर बुलवाया। शोक-सभा के बाद बहुत देर तक बातें हुईं उनकी। सब बातों के पश्चात रजनी ने चन्दन से कहा, 'चन्दन! समानता और सामाजिक न्याय की जो ज्योति तुमने जलाई है और जहाँ-जहाँ तक भी उसका आलोक पहुँचा है, सामाजिक जीवन में व्याप्त असमानता और अन्याय 'के अन्धकार का नाश कर, समानता और न्याय का प्रकाश फैलाया है उसने। हालाँकि सदियों से चली आ रही व्यवस्था को एक दिन, महीने अथवा साल में बदला नहीं जा सकता, उसमें सम्पूर्ण बदलाव के लिए समय काफी चाहिए। लेकिन तुम्हारे प्रयासों से बदलाव की प्रक्रिया शुरू हुई है और दिन-प्रतिदिन यह प्रक्रिया तेज होती जा रही है। लोगों में अपने उत्थान और विकास के प्रति चेतना आ चुकी है—और समाज के दूसरे तबकों के लोग भी यह बात अच्छी तरह समझ चुके हैं कि दलितों को समानता और भाईचारे का दर्जा देने के अलावा और कोई विकल्प नहीं है। चारों ओर समता और स्वतंत्रता का माहौल है। गली-गली में प्रेम और बन्धुत्व की धारा बह चली है। यहाँ तुम अपने दायित्व को अंजाम दे चुके हो चन्दन! और तुम्हारी पढ़ाई भी पूरी हो चुकी है। अब तुम्हें गाँवों की ओर ध्यान देना चाहिए। इसलिए अच्छा होगा कि मातापुर चलो अब तुम।'

'लेकिन यह कैसे सुनिश्चित होगा रजनी कि समाज सोये नहीं और बदलाव की यह प्रक्रिया जारी रहे।' चन्दन ने चिन्ता व्यक्त की।

'यह काम मातापुर में रहकर भी कर सकते हो तुम।' रजनी ने सुझाव दिया।

'बात तो तुम्हारी ठीक है रजनी! लेकिन एक दुविधा है।' कुछ सोचते हुए बोला चन्दन।

'कौन सी दुविधा चन्दन?' रजनी ने पूछा।

कुछ क्षणों के लिए विचारमग्न हो गया चन्दन कि बताए या नहीं बताए। कहीं कुछ अन्यथा न सोच बैठे रजनी। लेकिन उसके मन ने कहा, नहीं रजनी ऐसी नहीं है। वह गलत नहीं सोच सकती। और मन की बात मानते हुए अपनी दुविधा रजनी को कह सुनाई उसने, 'सोचता हूँ कमला के बच्चे का क्या होगा अब? बिना बाप का पहले से था, अब माँ भी नहीं रही उसकी।'

चन्दन ने देखा रजनी पर कोई प्रतिकूल प्रभाव नहीं पड़ा था इसका। इसे सहज और सकारात्मक रूप में लेते हुए बोली वह, 'मेरी मानो तो एक काम करो चन्दन!'

'क्या?' चन्दन ने उत्सुकता से पूछा।

'कमला के बच्चे को भी अपने साथ ले चलें हम। पिता का प्यार तुम देना, माँ का प्यार मैं दूँगी उसे। अनाथ नहीं रहेगा वह।' कहकर उसने चन्दन की ओर देखा।

'रजनी तुम?...' प्रश्नसूचक दृष्टि से रजनी की ओर देखा चन्दन ने। 'हाँ मैं, चन्दन!...विश्वास नहीं है?' प्रति-प्रश्न किया रजनी ने।

'यह क्या कह रही हो तुम! एक तुम ही तो हो जिस पर मैं दुनिया में सबसे ज्यादा विश्वास करता हूँ। तुम पर अविश्वास करने का मतलब तो खुद पर ही अविश्वास करना होगा। आखिर तुम?...तुम्हें रजनी...।' वह कुछ कहना चाह रहा था किन्तु शब्द गले में जैसे अटक रहे थे।

चन्दन के मन की भावना को समझ लिया रजनी ने। हर्षित नेत्रों से उसने चन्दन की ओर देखा।

'हाँ रजनी...!' चन्दन ने कहा और नजरें रजनी के चहरे पर गड़ा दीं जैसे कुछ पढ़ने की कोशिश कर रहा हो।

इस बार चन्दन से नजरें मिलीं रजनी की, तो एक मुस्कान उसके ओठों पर उभरी और नजरें झुका लीं उसने। चन्दन भी हौले से मुस्करा दिया था।

OOO